나를 좋아하는 건 **너**뿐이냐 ⑩

You're the only one who likes me

리쿠다 지음
브리키 일러스트

"다들
정의의 용사가
되고 싶어 해.
특히나 강한 악역을
두들겨 패는
정의의 용사가."

프리뮬러 / 사오토메 사쿠라

팬지와 같은 반인, 텐션 높은 여자. 소프트볼부원이
라, 체육계가 중심이 되어 이벤트의 분위기를 띄우는,
통칭 '허슬 그룹'에 소속되어 있다. 별명은 본명의 한
자 사오토메(早乙女) 사쿠라(桜)에서 '무'를 빼면 '프
리뮬러(乙女桜)'가 되는 것에서 유래.

"이예~이!
프리뮬러의
등장이야~!"

"나데시코…
라고
불러 주시면
된답니다.
후후훗."

나데시코 / 아카이 나데시코

어조와 행동거지, 그리고 하얀 피부를 봐도, 프리뮬러와 같은 소프트볼부에 소속돼 있다고는 상상할 수 없을 정도로 고상하고 다소곳한 여자아이, 학년은 탄포포나 민트와 마찬가지로 1학년, 하지만 어째서일까…. 이 아이에게서 왠지 강렬한 위화감을 느끼는 것은… 나쁜가?

■ 히마와리 / 히나타 아오이
내 소꿉친구로, 운동 신경만큼
은 뛰어난 무자각 bitch.

■ 아스나로 / 하네타치 히나
신문부의 민완 편집부원. 허둥대
면 사투리가 튀어나온다.

■ 코스모스 / 아키노 사쿠라
학생회장. 겉으로는 쿨하지만, 사
실은 꽤나 덜렁대고 소녀 같다.

"쿄로,
조금 텐션이
오르지
않았습니까?"

■ 탄포포 / 카마타 키미에
야구부 매니저로 1학년. 어째서
인지 자신만만한 기색이지만,
나는 모른 척하련다.

히이라기 / 모토키 치후유
2학기부터 니시키즈타 고등학교에 입학한 전학생. 츠바키와는 소꿉친구.

팬지 / 산쇼쿠인 스미레코
어째서인지 나에게만 독설을 퍼붓는, 양갈래로 땋은 머리에 안경을 낀 도서실의 주인.

"이 안의…
대체
누가…?!"

츠바키 / 요우키 치하루
내가 아르바이트하는 '따끈따끈한 튀김꼬치 가게'의 점장. 히이라기와는 소꿉친구.

죠로 / 키사라기 아마츠유
안녕하십니까, 주인공입니다. 10권을 기념하여 컬러가 되었습니다.

사잔카 / 마야마 아사카
좀 노는 애였다. 지금은 청초한 껍질을 뒤집어썼지만, 사실은 야수에 카리스마 그룹의 리더 같은 존재.

contents

You're the only one who likes me

나를 좋아하는 건 너뿐이냐

라쿠다 지음
브리키 일러스트

10

eXtreme novel

나는 쉽게 누설한다

제**1**장

"어~이! 종이 박스 받으러 갈 거니까 누가 좀 같이 가 줘~"

"OK! 그럼 우리가 가지!"

"아스나로, 아주 무시무시한 전단 만들어 줘! 잔뜩 기대할 테니까~?"

"네! 맡겨 주세요! 전단 제작은 제 특기 분야니까요!"

"헤에~! 사잔카는 바느질도 잘하네. 후훗! 좋은 신부가 될 수 있겠어!"

"아, 아니! 이상한 소리 하지 마! 그냥 보통이야, 보통!"

방과 후, 평소와 달리 활기 있는 우리 반.

종례가 끝난 뒤에 이만큼 많은 학생들이 교실에 남아 있는 일은 이 시기를 제외하고 달리 없겠지.

"깜짝 놀라게 해 줄 포인트를 몇 군데 정하는 게 좋아! 일단은 첫 번째 모퉁이겠지? 다음에는 거기서 3미터 정도 전진한 곳이면 어때?! 그리고 출구 직전에 뒤에서 덮치는 것도 빼놓을 수 없지!"

"썬, 의외로 이런 걸 좋아하는구나."

"그래! 야구와는 조금 다르지만, 무슨 전술을 생각하는 것 같아서 재미있거든!"

평소라면 방과 후에 바로 야구부 활동을 하러 가는 썬조차도 오늘은 교실에 남아 있다.

지금은 칠판 앞에서 다른 학생들과 이야기를 나누고 있다.

그런 가운데 나는 뭘 하고 있느냐 하면….

"저기, 죠로! 그쪽 도화지 집어 줘!"

"그래~"

히마와리와 함께 소꿉친구로서의 연대를 보여 주며 교실 구석에서 부지런히 박스에 검은 도화지를 붙이고 있다.

2학기는 이벤트가 연달아 있는 학기다.

얼마 전에 '체육제~성전 포함~'을 마쳤지만, 그것만으로 얌전해질 니시키즈타 고등학교가 아니다. 체육제의 열기는 식지 않고 계속되어서 지금은….

"죠로, 요란제 기대되네! 나 열심히 할게~!"

2주 정도 뒤에 오는 요란제를 목표로 우리 반만이 아니라 학교 전체가 활기를 띠고 있다.

이 요란제 말인데, 이전에… 5월에 한 백화제와는 달리 진짜배기 문화제.

작년까지는 9월에 했지만, 여러 사정으로 올해는 10월에 하게 되었다.

…여러 사정으로 바뀐 것이다. 자세한 내용은 신경 쓰지 마.

지금까지의 흐름을 보고 이해했을지도 모르지만, 우리 반은 귀신의 집을 하기로 했다.

그 외에도 여러 제안이 나왔지만, 최종적으로 투표로 결정했다.

…뭐, 실제 투표 결과는 1위가 메이드 카페고 2위가 튀김꼬치 가게였지만… "그거 얼마 전에도 했잖아? 겹치지 않아?" 등의 여러 사정으로 기각되고 3위인 귀신의 집을 하게 되었는데….

뒷일은 생각하지 않고 떠오르는 대로 행동하니까, 지금에 와서 이런저런 사정으로 고생하는 것이다.

반성해.

또한 요란제의 영향으로 한동안 방과 후의 도서실 업무는 쉬기로 했다.

이 시기만큼은 도서위원인 팬지를 포함한 전원이 방과 후에 참가할 수 없기 때문에, 선생님이 대신 맡아 주기로 했다.

내 아르바이트는… 쉴까 했지만, 아무래도 전부 쉬면 츠바키에게 부담이 갈 것 같고, 주머니 사정도 안 좋으니까 평소에 17시에 시작하던 것을 19시 시작으로 변경하는 것으로 대처했다.

"다 됐다! 이거 봐, 죠로! 어때, 잘됐지?"

자랑스럽게 검은 도화지를 붙인 종이 박스를 보여 주는 히마와리.

전혀 주름이 없고, 분하게도 나보다도 훨씬 잘 붙였다.

전부터 생각했는데, 히마와리는 성격과 안 어울리게 손재주가 있단 말이야.

"대단하네. 나로선 도저히 그 정도로 못 해."

"에헤헤! 고마워!"

요란제의 우리 반 행사에서 각자가 맡은 역할 말인데, 나와 히마와리는 대도구 제작.

아스나로는 체육제 때와 비슷하게 전단 제작. 썬은 연출 고안.

사잔카와 카리스마 그룹 애들은 의상 제작.

야생적이지만 가정적인 사잔카는 모두가 가져온 헌 옷을 집에서 가져온 듯한 재봉 도구를 이용해 척척 귀신 복장으로 탈바꿈시켰다.

처음에는 학교에서 나오는 예산에 여유가 있으니까 의상 정도야 사자는 의견이었지만, "무슨 일이 생길지 모르니까 돈은 최대한 남겨 둬야 해!"라는 사잔카의 말에 우리… 아니, 사잔카가 모두를 가르치며 만들게 되었다.

참고로 유일하게 도서실 멤버 중에서 이 자리에 없는 츠바키는 귀신 역할이다.

아무래도 학생 겸 점장이라는, 우리 중에서도 특수한 입장인 츠바키는 항상 방과 후의 준비에 참가할 수 없었기에, 대신 요란제 당일에 고생하게 되었다.

그리고 츠바키가 귀신 역할을 한다는 걸 안 어디의 닭꼬치 가게 딸이 "츠바키는 무명천 귀신이나 담벼락 귀신을 하는 게 좋아! 납작하고 기척을 잘 감추니!"라며 악의 없는 말을 했다가 열화와 같이 분노한 츠바키에게 "너와는 절교랄까."라는 말을 듣고 울고불고 했지만, 그건 또 다른 이야기다.

"좋았어~! 모두가 깜짝 놀랄 만한 시커먼 벽을 만들 거니까!"

벽이 시커매도 아무도 안 놀랄 거라는 감상은 접어 두고, 요란제 준비에 특히나 팔 걷어붙이고 나선 사람은 히마와리였다. 원래 축제 같은 것을 좋아하는 녀석이니까.

정말이지 이 천진난만함은 보고 배우고 싶어.

솔직히 말하자면 나는… 우울하고 우울하기 짝이 없으니까….

그렇긴 해도 딱히 요란제 때문은 아니지만.

"있잖아, 죠로! 요란제가 시작하면 이것저것 보러 가자!"

"그래…. **모두가** 휴식 시간을 맞춰서, 그렇게 할까…."

"와아! 기대돼!"

윽! 그렇게 천진무구하게 기뻐하지 마…. 죄악감이 괜히 더 쌓인다.

지금 내 발언은 일종의 도주로다.

히마와리와 둘이서 요란제를 보러 다니는 게 아니라 '모두가' 보러 다닌다.

딱히 특별한 상대를 정하지 않고, 어디까지나 모두와 친하게 지낸다는….

사실 그래선 안 되는데….

나는 체육제가 끝날 때 팬지에게서… 아니, 여자애들에게서 '2학기가 끝날 때 솔직한 마음을 단 한 명에게 전해 줬으면 해'라는 부탁을 받았다.

요란제가 끝나면 그 이벤트로 또 한 걸음 다가가게 된다.

　그게 우울하고 우울하기 짝이 없어서 무심코 '모두'라는 안전한 방향으로 도망친다.

　…아니, 나도 잘 알고 있거든?

　솔직히 말해서 이 문제에서는 대충 못 본 척하고 넘겼던 내가 순도 100퍼센트로 잘못했고, 여자애들이 대답을 원하는 것도 당연하다.

　그러니까 그 말을 들었을 때는 분위기도 있어서 '계속 숨겨 왔던 내 마음을 남김없이 전하자'라는 멋진 생각도 했어.

　하지만 나는 결의가 금방 흐려지는 걸로 정평이 난 몸이라고.

　그날 집에 돌아간 시점에서 그 결의는 순식간에 와해 일보 직전까지 도달했다.

　아아, 스스로가 한심해….

　뭐가 제일 한심하냐고 하면 그렇게 용기를 내어 전해 준 여자애들의 '대답은 2학기 끝날 때'라는 말을 듣고 안도했던 점이다.

　누군가를 상처 입힐 각오란 것을 도무지 가질 수 없다.

　머리로는 알고 있어도 마음이 아무래도 거부한다.

　그러니까 지금도 사실은 히마와리와 둘이서 즐거운 요란제 준비를 해야 하는데, 마음속 어딘가로는 '누군가 한 명을 특별 취급해도 되나?' 같은 생각을 하고 있다.

　하아…. 정말 어떻게 하지….

"히마와리. 미안한데, 혼자서 작업할 수 있을까? 난 다른 일로…."

"에엣! 난 죠로랑 같이 하는 게 좋아! 죠로는 대도구 담당이니까 나랑 함께야!"

그렇죠…. 역할 분담에서 그렇게 정해졌으니까 지극히 당연하다.

정말이지 난 뭘 하는 걸까….

히마와리는 그저 순수하게 나와 함께 요란제 준비를 하고 싶을 뿐인데….

"히마와리, 미안! 잠깐 죠로 좀 빌려 가도 될까?"

음? 이 목소리는….

"응? 썬, 왜 그래? 죠로는 나랑…."

"연출 문제로 죠로랑 의논을 좀 할 게 있어! 그렇게 시간을 뺏진 않을 테니까 부탁이야! 응? 이렇게 부탁할게!"

두 손을 모으고 히마와리에게 부탁하는 썬.

히마와리는 거기에 대해서,

"알았어! 죠로, 빌려줄게! 하지만 너무 오래 데리고 있으면 안 돼? 죠로는 나랑 같이 대도구를 만들 거니까!"

"당연하지! 맡겨 줘!"

밝은 웃음을 보이며 허가를 내 주었다.

그걸 확인한 썬은 곧바로 내 쪽을 돌아보더니,

"좋았어! 그럼 시간 좀 내 줘, 죠로!"

평소처럼 열혈 스마일을 보였지만, 어딘가 진지한 눈으로 나를 보는 것 같은데….

"어, 어어. …알았어."

아까까지는 칠판 앞에서 연출 이야기를 하고 있었는데, 나와 이야기하게 되자 조금 바쁜 걸음으로 교실을 나가려는 것을 보면 아마도 **그런 이야기**겠지….

※

교실을 나간 우리가 향한 곳은 학생이 아무도 없는 체육관 뒤… 우리 학교의 자잘한 명물이기도 한 커다란 단풍나무 '나리츠키'가 있는 곳이었다.

썬이 나를 데려간 이유는 예상했던 대로.

요란제 준비를 하는 내 분위기가 이상했기에 이야기를 들어 보려는 것이었다.

"그렇게 된 거야. 그러니까 2학기가 끝나는 게 우울해서…."

"과연! 그래서 삭업을 하는 죠로의 분위기가 이상했던 건가!"

"그래. 제대로 답을 낼 결심이 서지 않아서. 게다가 이 상황에서 누군가를 특별시하는 것도 좀."

이런 이야기는 썬이 아닌 다른 이가 물었더라면 절대로 대답하지 않았겠지.

"있잖아, 썬. 난 어쩌면 좋지? 지금까지 이런 특수한 경험을 한 적이 없어서. 혹시 뭔가 좋은 방법이 있으면….""

"글쎄…. 아무튼 일단 의식을 바꾸는 거다! 죠로는 그 고민을 특수하다고 생각하지 않는 게 좋아."

"뭐?"

왜 썬은 평소처럼 열혈 스마일이지?

그게 든든하기는 한데, 그 말의 의미를 알 수가 없네….

"죠로의 상황은 특수하다고 생각해. 하지만 그 고민 자체는 다들 갖고 있는 거야."

"다들 이런 고민을? 그럼 썬도?"

"음, 그렇지! 예를 들어 나나 다른 녀석의 경우라면… 그래, 졸업이란 게 그럴까!"

"무슨 소리야?"

"우리는 니시키즈타 고등학교를 졸업해. …그러면 그다음은 제각각 달라. 다들 각자 자기가 정한 길을 가겠지?"

"그건….""

"계속 모두와 함께 친하게 지내고 싶은 마음은 물론 있어. 하지만 나는 그 길을 가지 않아. …나에게는 꿈이 있으니까. 어렸을 적부터 계속 품고 있던 꿈이. …그러니까 죠로와 함께 지내는 것도 고등학교 때까지야."

즉, 썬의 경우는 꿈이 있으니까 모두와 함께 있을 수 없다는 소리인가.

그리고 다른 애들의 경우는 입시. 모두가 같은 대학에 가는 게 아니다.

각자가 각자의 이유를 가지고 자기가 선택한 대학의 입시를 치른다.

분명히 조금 비슷할지도….

그러고 보니 코스모스는 입시 준비를 어떻게 하고 있지?

최근 도서실에는 뭔가에 썬 것처럼 공부를 하는 3학년의 모습이 종종 보이지만, 코스모스는 평소에 도서실에 와도 모두와 평범하게 지내는데?

"그러니까 죠로의 고민은 특수한 게 아냐. 크든 작든 모두가 가진 고민이고, 확실한 답을 낼 수 있는 녀석에게는 없는 고민이지. …그도 그렇잖아? 아무리 노력해도 모두가 함께 해피 엔딩에 도달할 수는 없으니까."

뭐지? 나만의 고민이 아니라는 의미로는 무게가 조금 덜어졌지만, 답이 나오지 않는 절망감이 장난 아닌데….

"…하지만 어떻게 할지는 정해져 있어."

"어, 어떻게 하는데?"

"뻔하잖아? 승부하는 거야. …전력으로. 확실히 말해 두겠는데, 나는 지는 걸 아주 싫어해. 그렇다면 상대에게 어떤 상처를 주든 원망을 사든, 각오하고 전력을 다해 승부한다. 그 뒷일 따윈 생각 안 해! 될 대로 되라지!"

…역시 썬은 대단해. 이렇게까지 딱 부러지게 잘라 말할 수 있다니.

하지만 분명 여자애들도 마찬가지겠지. 다들 전력으로 마주 보고 있다.

그럼 나도….

"이 문제에 정답이란 없어. 그러니까 죠로가 내놓고 싶은 대답을 최선을 다해 내놓으면 돼! 다만 사면초가 상태라면 좋은 해결 방법이 있으니 가르쳐 주지."

그 해결 방법이라면 나도 알고 있어….

"동서남북, 사면이 아닌 다른 방향으로 가면 되겠지?"

"핫핫! 뭐야, 내가 말하려고 했던 거랑 전혀 다르잖아!"

"그야 그렇지. 나는 썬이 아니니까."

아무리 고민해도, 그것이 현재를 부정할 이유는 되지 않는다.

그럼 녀석들의 마음을 확실히 받아들이고 내 나름대로 전진할 수밖에 없어.

뒷일은 될 대로 되라지.

"그래! 죠로의 말이 맞아!"

정면에 있는 썬을 보니, 거기에는 평소처럼 열혈 스마일로 나를 지켜보는 모습이 있었다.

그저 웃고 있을 뿐. 하지만 그 미소가 무엇보다도 든든했다.

"…고마워, 썬. 덕분에 후련해졌어."

"당연하잖아? 나는 네 베프니까! …그런데 한마디 더 해도 될까?"

"응? 뭔데?"

"죠로는… 누군가 특별히 좋아하는 여자는 없는 거야?"

윽! 제대로 한가운데 직구를 던져 오는군.

그러고 보면 올해 지역 대회 결승전에서 츠바키에게도 같은 말을 들었지.

그때는 내 마음을 완전히 이해하지 못해서 대답할 수 없었지만, 지금의 나라면….

"있어. 특별히 좋아하는 여자애가 한 명."

그 마음을 자각한 것은 여름 방학이 끝날 무렵.

마지막에 돌아보았을 때 가장 선명하게 남아 있었던 것이 그 녀석과의 추억이었으니까.

…그래. …있다. …특별히 좋아하는 여자애가 내게는 한 명 있다.

"그런가. 그럼 그 아이에게 마음을 확실히 전해야 한다? …혹시 말하지 못하면 그때는 틀림없이 후회할 테니까!"

이유는 모르지만, 썬의 그 말은 꽤나 무게감이 있었다.

어쩌면 그런 경험을 한 적이 있는 걸지도 모르지.

"그래, 알았어. …아, 지금 이야기 말인데, 가능하면 아무한테도 말하지 말아 줘…."

"알고 있어! 남자 대 남자의 약속이야! 아무한테도 말 안 하지!"

"고마워."

"좋아! 그럼 돌아갈까! 너무 시간 끌면 히마와리가 화를 낼 테고!"

조금 힘을 넣어서 내 등을 떠밀 듯이 어깨에 손을 두르는 썬.

그 손이 니시키즈타 고등학교를 코시엔 준우승까지 이끈 손이라고 생각하니, 왠지 나까지 강해진 기분이 들었다. …고마워, 항상 내 힘이 되어 줘서.

역시 썬은 최고의 친구… 응?

왠지 지금 나리츠키 쪽에서 소리가 들린 것 같은데… 기분 탓인가?

…아니, 기분 탓이겠지.

※

다음 날 점심시간. 요란제 때문인지 도서실에 오는 학생은 적

었다.

그러니 평소와 달리 도서실 멤버 전원이 점심밥을 함께 먹었다.

…하지만 이렇게 보니 정말로 사람이 늘었군.

1학기 초기에는 나와 팬지밖에 없었던 도서실인데, 지금은 나, 팬지에 코스모스, 히마와리, 썬. 게다가 츠바키, 아스나로가 이어지고, 2학기부터는 사잔카와 카리스마 그룹 애들, 그리고 히이라기까지 추가되었다.

사람이 너무 많아서 테이블 하나로는 다 앉을 수가 없기에, 테이블 두 개를 쓸 정도다. …왠지 바보인 존재를 한 마리 잊은 기분도 들지만, 뭐, 괜찮겠지.

"에헤헤! 다들 모이는 건 오랜만이네, 아스나로!"

"그러네요, 히마와리!"

정면에 있는 히마와리와 아스나로가 밝게 웃으며 그런 이야기를 했다.

아무래도 비슷한 생각을 한 모양이다.

"이렇게 다들 모여서 밥을 먹으니 평소보다 맛있게 느껴지네요, 코스모스 선배."

"그, 그래, 팬지. 역시 모두 함께 있는 게… 제일, 즐거워…."

말에 동의하면서도 어딘가 쓸쓸한 목소리.

그건 여기서 유일한 3학년이기 때문이겠지.

2학기… 그리고 3학기가 끝나면 코스모스는 졸업한다.

그러면 더 이상 도서실에서 함께 밥을 먹을 수 없게 된다….

"아, 저기, 코스모스 회장. 그러고 보니 입시 준비는 어떻게 되어 가고 있나요?"

코스모스와 조금이라도 이야기를 하고 싶은 마음에 말을 걸었다.

"그거라면 걱정 없어, 죠로. 희망하던 의대에 추천 입학할 수 있을 것 같으니까. 앞으로도 변함없이 도서실 일도 거들 생각이야."

역시나 슈퍼 학생회장.

나로서는 도저히 불가능한 수단으로 의대 합격을 결정지었나….

그리고 왜 반짝반짝 기대하는 눈으로 나를 바라보지?

"그, 그러니까 미리 축하한다고 할까…. 학생회 쪽도 요란제에서 행사를 할 거니까, 괜찮다면 죠로가 도와주었으면 해서! 저기, 오늘 방과 후에는…."

"코스모스 선배, 안 돼! 죠로는 나랑 우리 반 준비를 할 거야!"

"윽! 하, 하지만 죠로는 학생회 일도 하고 싶어 하는 얼굴을…."

안 했습니다. 애당초 그런 얼굴은 뭡니까.

애초에 왜 축하가 학생회의 도우미인데.

"그래요, 코스모스 선배. 죠로에게는 우리 반 일도 있으니까, 이 이상 부담을 주는 건 좋지 않다고 생각합니다."

"어이, 팬지, 그 말은 처음 듣는데?"

"처음 말해서 그렇지 않을까? 하지만 안심해. 우리 반 일을 도우면, 아주 멋진 특전이 따라와."

"…일단 들어는 보마."

"지금이라면 나와의 무제한 러브러브 플랜이 도입돼."

"그러냐. 거절하지."

휴대전화 할인 플랜 같은 식으로 말하더라도, 전혀 득 보는 느낌이 안 드니까.

"팬지도 안 돼! 요란제 준비 중에 죠로는 나랑 계속 같이 열심히 하기로 약속했으니까!"

히마와리 씨, 그 말도 처음 듣는데요?

같이 열심히 하자는 말은 있었지만, 계속이라는 말은 다소 도가 지나친데?

"하지만 히마와리. 당신은 테니스부 일도 있죠? 그때는…."

"괜찮아, 아스나로! 나, 열심히 할 거니까!"

나왔습니다, 히마와리 이론.

뭘 어떻게 열심히 할지는 모르지만, 아무래도 밀어붙여서 어떻게든 할 모양인가 보다.

하지만 그렇군. 펜지가 요란제 준비에 참가한다니 조금 의외다.

그렇다면 같은 반인 히이라기는….

"츠바키! 난 닭꼬치 만들어 왔어! 이걸 먹으면 준비의 피로도 날아가!"

그 말을 보아하니, 아마 이 녀석도 참가하는가 보군.

츠바키는 점장이니까 가게를 우선하지만, 히이라기는 어디까지나 도우미니까. 그 차이겠지.

그런데 히이라기. 옆 테이블에서 천진난만하게 닭꼬치를 내미는 모습은 귀엽지만, 너는 어제 츠바키를 화나게 해서 절교 소리를 들었던 사실을 벌써 잊어버렸냐?

"……."

봐, 츠바키는 멋지게 무시. 그야 그렇지.

"사, 사잔카! 츠바키가 나를 무시해! 어떻게 해?!"

"네가 어제 츠바키를 화나게 해서 그런 거 아냐?"

"어제 일은 어제 일이야! 과거는 돌아보지 말고 현재를 봐야 해!"

말은 누가 하느냐에 따라 무게가 변하는군.

"그러니까 츠바키는 오늘부터 나한테 잘해 줘야 해!"

"그럴 리 있겠냐! 왜 자기한테만 유리하게 생각하는 거야!"

"하, 하지만 사잔카는 죠로한테 화내도 다음 날이면 잘해 주잖아! 저번에도 죠로한테 화낸 뒤에 바로 끙끙 고민하더니 말 걸 타이밍을 재어…."

"으아아아아! 히, 히이라기, 너 잠깐 입 다물어!"

"우에에에에! 왜 화내는데~! 난 사실밖에 말 안 했는데~!"

사실이라고 해서 아무 말이나 해도 되는 건 아니니까.

힘내라, 사잔카. 나는 우연히 옆 테이블이었던 거지, 무슨 이야기인지 하나도 못 들었다는 설정으로 가마. 응, 아무것도 못 들었어. 진짜로 하나도 안 들렸어.

"사잔카, 내 동지가 된 것을 환영해, 랄까."

츠바키는 히이라기 때문에 고생하는 동지를 발견한 사실이 기쁜 건지, 왠지 기분 좋은 기색이었다. 나는 절대로 그 동지에 들어가지 않도록 하자.

"아! 그렇지! 있잖아, 죠로! 죠로, 등화식은 어떻게 할 거야?"

"그러고 보면 요란제의 전야제에는 그것이 있었군! 요란제 밤, 교정을 물들이는 일루미네이션! 옥상에서 보면 우리 학교 이름 —아이비(서양담쟁이)의 나뭇잎 모양이 된다고 하지!* 전야제 때 그걸 하고, 그때 참가자는 소중한 상대에게 꽃을 선물하는 일대 이벤트가!"

"보충 설명을 하자면, 원래는 그냥 일루미네이션을 켜고, 참가자들이 모여서 그걸 구경하는 이벤트였는데, 어느 틈에 학생들 사이에서 그때 소중한 상대에게 꽃을 선물하면 마음이 전해진다

※우리 학교 이름~ : 니시키즈타(西木蔦)와 아이비(서양담쟁이, 西洋木蔦)의 한문이 비슷한 데서 유래.

는 소문이 돌아서 그게 그대로 전설이 되었습니다!"

썬, 아스나로. 너희는 대체 누구에게 등화식에 대해 설명하는 거야?

아무래도 좋지만, 우리 학교는 전설이 너무 많지 않아? 용사라도 있었어?

"등화식인가. 그래, 나는…."

"**썬과 함께** 참가하지 않는 거지?"

"안 해!"

참나, 팬지는 무슨 소리를 하는 거야?

그럴 리가 없잖아! 하하핫! …하아.

"안심해, 팬지! 나는 죠로 이외의 녀석으로 선객이 있으니까!"

진짜냐! …아니, 선객이라고?

"썬, 혹시 그건, 매니저인 탄포…."

"녀석은 '하아~! 등화식에서는 키사라기 선배를 필두로 수많은 솜털바라기분들이 제게 꽃을 선물하겠죠! 천사란 때로는 죄 많은 존재입니다…. 분명 선물받는 꽃은 수선화겠죠! 꽃말은 '신비'라서 저랑 딱 맞고요! 우후후후!' 같은 소리를 했어."

과연, 분명히 딱 맞는군. 수선화의 꽃말은 '신비' 외에도 '자만', '사리사욕', '자기애' 같은 게 있으니까. 애초에 주지도 않을 거지만.

하지만 그 바보가 아니라면, 썬의 상대는 따로 있다는 소리인가?

누구지? 혹시 여자라면 야구부에는 탄포포 이외에 아무도 없을 텐데….

"죠로! 썬 이야기는 됐어! 난 죠로 이야기를 듣고 싶어! 죠로, '특별히 좋아하는 여자애'에게 꽃을 줄 거지?"

"그렇습니다! 딱히 기사로 쓸 생각도 없으니까, 죠로가 '특별히 좋아하는 여자애'에게 무슨 꽃을 줄 예정인지 가르쳐 주세요!"

"나도 분명 죠로가 등화식에 참가해서 '특별히 좋아하는 여자애'에게 꽃을 선물할 거라고 생각했는데?"

히마와리, 아스나로, 코스모스, 그렇게 재촉하지 말아 줘.

그런 존재는 있지만, 아직 선물할 건지는 정하지 않았…… 어라라?

어라어라어라라라~? 왠지 이 세 사람의 말이 이상하지 않아?

왜 이 애들은 아까부터 '특별히 좋아하는 여자애'라는 말을?

그건 어제 나리츠키에서 나와 썬, 둘이서 이야기했던… 아니, 설마~!

그런 설마가….

"죠로는 어제 체육관 뒤에서 썬과 이야기했을 때에 말했던 '특별히 좋아하는 여자애'에게 꽃을 선물해야 한다고 나는 생각해."

확실히 누설되었다아아아아! 아니, 잠깐만 기다려어어!

왜 내가 가장 숨기려고 했던 톱 시크릿이 다 누설된 거지?!

"너, 너희들, 어떻게 그걸… 우엑!"

"죠로, 날 달래 줘! 츠바키랑 사잔카가 괴롭혀~!"

끄아아아! 히이라기 녀석, 자기를 돌봐 주는 사람이 없다고 나한테 와서 갑자기 몸을 흔들지 말라고!

"히이라기, 지금은 그만해! 나는 달리 해야 할 일이 있어!"

누구야! 누가 톱 시크릿을 누설한 죄인이지?!

썬밖에 모를 텐데….

"아니, 나는 아무한테도 말 안 했어."

설레설레 손을 흔들며 부정하는 썬.

그렇다면 썬 이외의 누군가라는 건데….

"죠로, 내 인내도 한계야! 달래 줘! 얼른! 얼른얼른!"

"시끄러! 애초에 인내의 한계라는 건 뭔데! 인내의 한계라는 게!"

"어제 방과 후에 내가 교실에 있는 걸 견딜 수 없어서 체육관 뒤에 숨었을 때, 죠로가 날 발견하지 못했던 때의 인내야! 정말, 정말 외로웠어!"

"웃기지 마! 왜 너를 발견하지 못했다는 이유로……. 어이, 히이라기."

지금 이 녀석, 흘려들을 수 없는 말을 했지?

"왜?"

"너, 어제 방과 후… 체육관 뒤에 있었군?"

"있었어! 우리 반에서 축제 때 할 일에 대해 이야기 나누는 게 무서워서, 체육관 뒤로 도망쳐서 근처 덤불에 숨어 있었어! 그랬더니 죠로가 썬이랑 같이 왔어! 사실은 같이 이야기하고 싶었지만, 남자들끼리 진지한 이야기를 하는 것 같기에 참고 숨어 있었어!"

"그럼 뭐야? 너는 어제 나랑 썬의 이야기를 전부 듣고…."

"응! 죠로가 최대한 아무한테도 말하면 안 되는 이야기라고 했으니까, 팬지한테도 최대한 아무한테도 말해선 안 되는 이야기라고 전하고서 이야기했어~!"

네가 죄인이냐아아아! 아니, 그렇다고 해도 이상해! 왜 팬지 말고도 아는 거지?

아무리 낯가림이 다소 개선되었다고 해도 히이라기는 보통 사람과 비교하면 압도적으로 낯을 가린다.

그런 이 녀석이 일부러 다른 반을 찾아가서 이 애들에게 전할 리가 없지.

"그럼 왜 다른 애들까지…."

"나도 최대한 비밀로 해 달라고 말한 뒤에 코스모스 선배랑 히마와리랑 아스나로랑 사잔카에게 말했어. 안심해, 그 외에는 털끝만큼도 누설하지 않으니까 문제없어."

"저기, 알지? 그게 제일 문제라는 거 알지?"

"그러네…. 지금 마음을 네 글자로 정리하면…… 에헤헤헷♪"

일찍이 이렇게까지 증오를 증폭시키는 '에헤헤헷'이 존재했을까?

아니, 어제 나리츠키 쪽에서 소리가 들린다 했더니만, 그게 히이라기였냐!

설마 이런 형태로 내 최대의 비밀이….

"뭐, 뭐어, 난 딱히 흥미 없지만! 하, 하지만, 네가 꼭 부탁한다고 말한다면 들어 주지 못할 것도 없거든? 딱히 흥미 없지만!"

아, 흥미 없거든 좀 조용히 계셔 주시면 안 될까요? 지금 여유가 없어서.

"히, 히이라기…."

"아, 죠로가 날 달래 줄 것 같다! 난 남자들끼리의 대화에 대해 배려심 있게 입 다물고 있었으니까 칭찬해 줘! 얼른! 얼른얼른!"

머리를 내게 들이미는 히이라기.

그런 히이라기를 가만히 바라보며 나는 일단 미소를 지은 뒤,

"너랑은 절교다아아아아아아!!"

"우에에에에엥!! 왜 그렇게 되는데~! 난 아무 짓도 안 했는데~!!"

"안 하긴 뭘 안 해!! 애초에 남자들끼리의 대화에 참가하지 않는 배려심은 있는데, 왜 비밀로 해야 할 일을 줄줄이 다 누설하냐고!"

"난 참았어! 최대한 아무에게도 말하지 않도록 했어~!"

"아주 누설하면 안 되는 부분만 정확하게 집어서 잘도 떠들었구만, 뭘!"

"죠로! 내 동지가 된 것을 환영해, 랄까!"

츠바키는 히이라기 때문에 고생하는 동지를 발견한 것이 기쁜 건지, 왠지 기분 좋은 기색이었다. 나는 절대로 그 동지에 들어가지 않도록… 하고 싶었는데~….

※

방과 후, 오늘도 교실에 남아서 요란제 준비를 하고 있지만, 어제와는 전혀 다른 짜증스러운 기분을 품으면서 작업에 임했다.

설마 여자애들에게 내 기밀 정보가 누설되다니….

다행스럽게도 나의 '특별히 좋아하는 여자애'가 누군지는 숨길 수 있었지만, 그 존재가 있다는 사실이 백일하에 드러났다. …최악이다.

"있잖아, 죠로! 오늘은 코스모스 선배한테 가야 해! 학교에서 빌려주는 자재를 신청해야 돼!"

내 심정 따원 모른 채 천진난만하게 웃으며 말하는 히마와리. 예산에는 한도가 있기에 학교 쪽에서 빌려주는 물건이라면 빌려야겠지만, 그 전에 마음에 걸리는 게 하나.

"히마와리. 너 오늘은 테니스부 일이 있지 않았어? 썬이랑 아스나로도 반이 아니라 동아리 쪽 준비를 하러 갔고….”

"응! 그래! 하지만 죠로랑 같이 있는 게 좋아!”

"…말해 두겠는데, 테니스부 일은 안 할 거니까!”

누군가를 특별시하기 이전에 근본적으로 귀찮고.

"알고 있어! 그러니까 난 생각했어!”

"뭘?”

"양쪽 다 하는 방법! 우리 반 일이랑 테니스부 일을 같이 하면 문제는 해결이니까!”

언뜻 들으면 정상적으로 들리지만, 히마와리가 말하면 불안하게 들리는 이유는 지금까지 수많은 전과가 있기 때문이겠지.

"어떻게 양쪽을 같이 하는데?”

"일단 테니스부에 가는 거야~ 그리고 죠로랑 내가 테니스부 작업을 끝마치는 거야!”

"그러면 내가 테니스부 일을 돕는 것뿐이잖아. 따라서 기각.”

"괜찮아! 죠로가 거들어 주는 만큼, 테니스부 사람에게 우리 반 일을 돕게 하면 돼!”

어머나, 조금은 괜찮은 생각…이라고 생각할 뻔했지만,

"그 '테니스부 사람'이란 건 누구지?”

"나!”

그럴 거라고 생각했다.

왜 거기서 의기양양하게 자기 자신을 가리키는데….

"학생회에 자재 신청하러 가는 건 내가 할 테니까, 너는 테니스부에 가. 따라서 기각."

"난 죠로랑 같이 있는 게 좋아! 부탁이야! 일반의 부탁!"

'일생의 부탁'이라고 해라. '일반의 부탁'이라면 값싸게 들린다.

"안 돼. 아스나로도 썬도 반과 동아리 양쪽에서 일하고 있으니까, 너도 할 거면 양쪽 다 제대로 해."

"뿌우! 죠로 못됐어! 흥이다!"

그 결과, 토라진 히마와리는 교실을 뛰쳐나갔다.

정말이지 녀석은 마음대로 일이 안 풀리면 금방 토라진다니까….

그럼 나도 얼른 자재 신청서를 써서 학생회에 제출하도록 할까.

※

"자, 잠깐만 기다려!"

복도로 나와서 조금 걷기 시작했더니, 뒤에서 부르는 목소리가.

"응? 왜 그래, 사잔카?"

그렇게 숨을 헐떡거리며 교실에서 뛰쳐나오지 않아도 될 텐데.

"너, 너 말이지! 지금부터 학생회에 가는 거지? 자재 신청서를 제출하러!"

"그래, 그럴 예정인데….."

"그, 그래! 있잖아, 어어… 너 혼자 하기 힘들잖아? 우, 우연히 나도 시간이 남으니까 도와줄 수도 있어! 특별히!"

내가 힘들 거라 생각해서 일부러 도와준다니 사잔카는 정말좋은 녀석이로군!

신청서 제출을 거들다니, 대체 뭘 어떻게 거들 건지 전혀 모르겠지만, 분명 본인은 친절에서 꺼낸 말이겠지. 그 이외엔 아무런 속셈도 없을 것이다. 틀림없어.

"괜찮겠어? 사잔카는 의상 제작을 하니까 다른 녀석들보다 바쁠 텐데?"

"전혀 문제없어! 의상 제작이야 네 몫의 옷을 대충 만들면 되고! 너는 원래부터 귀신같이 생겼잖아!"

좋아, 지금 당장 교실로 돌아가. 그리고 얌전히 의상이나 만들어.

"어라~앙? 거기에 있는 건 혹시… 사잔카, 아~니십니까~?"

그때 사잔카의 뒤에서 묘하게 흥에 겨운 목소리가 들렸다.

"어? 너는⋯."

"이예이~! 프리뮬러의 등장이야~!"

V 사인을 하며 손을 앞뒤로 흔드는 이 여자는 사오토메(早乙女) 사쿠라(桜).

미디엄 쇼트의 다소 흐트러진 머리에 날씬한 체격. 키는 나와 거의 다를 바 없는 170센티미터 정도. 살짝 올라간 눈이 인상적인 여자다.

성격은 언동에서 알 수 있듯이, 아무튼 하이 텐션. 작년에는 나나 사잔카와 같은 반이었지만, 올해는 갈라져서 팬지나 시바와 같은 반에 속했다.

별명의 유래는 이 녀석 본명의 한자 사오토메(早乙女) 사쿠라(桜)에서 '早'를 빼면 '프리뮬러(乙女桜)'가 되는 것에서.

코스모스와 이름은 같지만 분위기가 전혀 달라서 그렇다나 뭐라나.

"오! 죠로도 있잖아! 이거 깜짝 놀랐네!"

"놀랄 일도 아니잖아, 프리뮬러."

"그런 것도 아니지~! 작년이랑 성격이 전혀 달라서 놀랄 만하잖아?"

윽! 프리뮬러 녀석, 괜한 소리를⋯.

1학기 초에 이쪽으로 돌아왔으니까, 다른 반 녀석들이 보자면 아직 신선한 것은 알겠지만.

"미안해…."

"미안할 것 없는데~? 그런 죠로도 괜찮겠지! 냐하하핫!"

"…그래서 무슨 일이야? 난 지금부터 이 녀석이랑 학생회에 갈 건데?"

사잔카 씨, 나는 당신의 제안을 승낙하지 않았습니다만?

"어, 그래?! 으음, 실은 사잔카한테 부탁이 좀 있어서 왔거든! 우리 반은 코스프레 카페를 할 건데, 재봉을 잘하는 애가 없어서 말이지. 그런데 사잔카가 잘한다는 정보가 들어왔다는 말씀! 가르침을….'

"싫어. 너네 반 일은 너희가 해결해. 아무도 못 하면 그냥 파는 걸 사다가 써. 그걸 위해 예산이 있는 거잖아."

확실히 옳은 말씀이군.

"그게 되면 그렇게 했지잉~! 다만 우리 반, 인테리어에 돈을 좀 많이 쓰거든! 그래서 의상 비용을 추가로 신청하려고 했더니 '한 학급만 예산을 특별 대우할 수 없다'라고 거절당했거든! 정말이지 그 학생회장은 쪼잔해!"

정론을 말했는데 불평이 돌아오다니, 학생회장은 힘들겠군.

"그러니까 의상을 우리가 만들어야 한단 소리! 그러니까 그걸 좀 어떻게든! 나랑 사잔카 사이잖아!"

"딱히 너랑 나는 그렇게 친했던 것도 아닌데?"

"히이이~! 그렇게 생각하다니 나는 쇼크야. 우아앙….'

기막히게도 거짓 티가 팍팍 나는 울음이군.

하지만 사잔카의 말이 꼭 틀린 것도 아니다.

작년부터 사잔카는 카리스마 그룹에 소속되었지만, 프리뮬러는 소프트볼부라서 여자 그룹 중에서는 허슬 그룹이었다.

그러니까 사이가 나쁜 건 아니지만 친한 것도 아니다. …그게 두 사람의 관계다.

어차, 허슬 그룹이 뭔지 설명하자면, 운동부 쪽 여자들이 곧잘 모이는, 이벤트에서 분위기를 띄우는 담당인 그룹을 말해. 사실 2권에서도 그 이름만 등장했으니 이건 2년 만에… 아니, 실수, 5개월 만에 회수했으니 방긋 웃어 준다.

"그런고로 이야기는 끝. 얼른 가자."

"그, 그래… 알았…."

"체엣~ 사잔카는 친구보다도 남자를 택하나. 사랑하는 소녀네엥~"

아, 잠깐만, 프리뮬러. 그 발언은….

"따, 따따딱히 그런 거 아니거든! 그냥 같은 반 녀석을 우선할 뿐이야! 애, 애초에 내가 거들지 않아도 될 일이니까! 신청서 제출은, 혼자서도 할 수 있고!"

사잔카, 그 발언, 방금 전의 너한테 들려주면 어떨까?

"오! 그럼 죠로가 아니라 날 도와주게?"

"~~~~! 알았어! 도우면 되잖아, 도우면!"

"야호~! 땡큐 베리 머치! 그럼 죠로, 사잔카 빌려 갈게~!"

"어, 어어….."

"우우~! 모처럼 같이 있을 수 있을 줄 알았는데….."

아쉽다는 말을 중얼중얼 남기면서 사잔카는 프리뮬러와 함께 떠나갔다.

…자, 예상 밖의 이벤트는 있었지만, 이번에야말로 학생회로 가도록 할까.

※

목적지인 학생회실 앞에 도착했기에 문을 노크했다.

"들어오세요."

이렇게 문 너머로 코스모스의 목소리를 듣는 것도 학생회장이 바뀌면 끝인가.

학생회는 요란제가 끝나면 세대교체가 이루어진다.

그러면 다시 학생회에 와도… 그렇게 생각하니 무심코 문을 다시 노크하게 되었다.

"…응? 들어오세요."

살짝 당황한 뒤에 다시 한번 부드럽게 '들어오세요'라고 말하는 코스모스.

응, 조금 만족. 그럼 이번에야말로 들어가도록 할까.

"실례하겠습니다."

"…아, 죠로구나. 자재 신청하러 왔어?"

냉정하면서 차분한 미소의 코스모스.

학생회 업무 중이니까 당연하지만, 지금은 성실한 학생회장 모드인 모양이다.

"네, 우리 반의 자재를 신청하러 왔습니다. 확인 부탁드립니다."

"알았어. …다만 잠시 기다려 줄 수 있을까? 그 전에 이쪽 자료를 확인하고 싶어서."

애용하는 핑크색 노트… 통칭 '코스모스 노트'를 책상에 펼치면서 어딘가 여유로운 느낌의 미소를 짓는 코스모스.

그리고 그런 코스모스의 정면에 버티고 선 학생회 임원이 한 명 있군.

"죠로…인가. 금방 끝난…다."

"알겠습니다. …와사비 선배."

어, 말 중간에 이상하게 뜸을 들이는 이 사람이 와사비 선배다.

니시키즈타 고등학교 3학년으로, 아까도 말했듯이 학생회 임원.

키는 190센티미터나 되는 장신이지만, 젓가락처럼 빼빼 마른 체격.

항상 사냥감을 찾듯이 날카로운 눈매와 묘하게 과묵한 성격 탓에, 하급생들에게 두려움을 사곤 한다. 뭐, 실제로는 꽤 좋은 사람이지만.

다만 이 와사비 선배라는 인간은 조금… 아니, 꽤 이상한 면이 있는데, 그게 뭐냐 하면….

"아키노. 나의 완벽한 이 자료에 몸서리쳐… 봐라!"

코스모스를 라이벌로 보고 있어서 적대심을 드러내는 점이 지….

이전에 들은 이야기로는, 중학교 때까지는 항상 교내 1위의 성적을 지켰지만 고등학교에 올라와서 코스모스를 만난 뒤로는 항상 교내 2위가 된 것이 원인이라나.

참고로 그것은 현재도 계속 중. 와사비 선배는 코스모스에게 이긴 적이 한 번도 없다.

딱히 자료 정도로 몸서리칠 일은 없을 거라 생각하는데.

"…흠. 여전히 대단하네. 각 반, 각 동아리의 필요 자재가 잘 정리되어서 알기 쉬워."

"당연…하다! 아키노가 하는데 내가 못 하는 일은, 하나도 없…다!!"

아, 이거, 와사비 선배의 입버릇이지.

틈만 나면 '아키노가 하는데 내가 못 하는 일은, 하나도 없… 다'라고 말해.

"아…. 다만 한마디 해도 될까?"

"음? 뭐…지?"

"필요한 자재의 개수나 용도, 그에 따르는 비용이 명기된 것은 고마운데, 비용을 모두 합친 누계액도 기재했으면 좋겠어. 지급된 예산은 통일되었지만, 그것을 모두 다 쓰는 건 아니겠지? 학교 쪽에서 받은 합계 예산이 어느 정도 남는지도 만일을 위해 알아 두고 싶어."

"뭐라…고? 즈, 즉, 내 자료에 착오가 있었다…고?"

무슨 이 세상의 끝 같은 얼굴을 하지 않아도 되는데.

"착오가 아니라 부족한 거야. 하지만 그 외에는 완벽하니까 문제없어. 뭣하면 나중에 내가…."

"웃기지 마…라!! 아키노, 나에게 아량을 베풀 생각인…가?!"

아, 와사비 선배가 화났다. 그리고 코스모스의 손에 들린 자료를 빼앗았다.

"그럴 생각은 아니었는데…."

"그런 아량 따윈 필요 없…다! 당연히 내가 수정해야…지!"

왜지? 본인은 화내는 걸 텐데, 말끝마다 뜸을 들이기 때문에 웃기게 들린다.

"네가 그렇게 말한다면 맡기겠는데…."

"두고 봐라, 아키…노!! 지금부터 완벽하기 그지없는 자료를 작성해 주…마! 그때야말로 네 녀석의 최후라고 알아…라! 크크…큭!"

웃는 소리까지 뜸을 들이지 않아도 되지 않아?

"아! 잠깐만! 이미 예산이 오버할 것 같은 반이나 동아리도 있으니까, 그쪽에 대한 예산 삭감안으로 학교에서 빌려줄 수 있는 자재 리스트가 여기에…. 아, 가 버렸네…."

가 버렸네. 성큼성큼 걸어서 나가 버렸어.

저렇게 속 좁은 면 때문에 코스모스에게 못 이기는 것 아닌가?

자료 정리 정도야 그냥 학생회실에서 하면… 아니, 그도 아닌가. 학생회실에서 하면 코스모스가 충고를 할지도 모르니까.

그건 저 이상한 자존심 덩어리 씨에게 꽤나 괴로운 일이겠지.

"…휴우. 여전히 그는 기운이 넘쳐."

기운이 넘치는 정도가 아니라 유쾌한데.

"그렇군요…. 뭐라고 할까, 괜한 힘을 쓰고 있다는 느낌도 듭니다만…."

코스모스는 이미 3년 동안 함께 지내느라 익숙해졌기 때문인지, 꽤나 냉정하네.

"그렇지는 않아. 아주 우수한 그가 있어 줘서 나도 질 수 없다며 한층 노력하게 되니까. 나에게 그는 든든한 친구이자 라이벌이야."

츠바키와 히이라기도 그렇고, 코스모스와 와사비 선배도 그렇고, 왜 나중에 나오는 라이벌이 하위 호환이지? 내 경우는 말도 안 되는 상위 호환이었는데….

"아, 기다리게 해서 미안해. 그럼 죠로의 신청서를 확인하도록 할게."

"아! 부탁드립니다!"

그렇게 해서 와사비 선배가 사라지고 나와 코스모스만 남은 학생회실에서 신청서를 제출.

교내인데 단둘인 공간이라는 건 조금 긴장되는군.

"……흠. 죠로네 반은 귀신의 집이었지. 대략 문제는 없지만, 인체 모형의 대여는 어렵지 않을까."

"어, 그런가요? 그냥 귀신의 집에 비치해 둘 뿐인데요…."

"혹시 놀란 사람이 실수로 인체 모형을 망가뜨리면 큰일이니까. 사실 인체 모형이란 건 꽤나 비싼 물건이야."

"비싸다면 어느 정도입니까?"

"그래. 네 아르바이트비 1년 치와 거의 비슷하다고 생각하면 돼."

그렇게 비싸냐, 인체 모형? 그럼 반대로 빌리기 무서워지니까 그만두자.

"그러면 괜찮습니다. 반 애들에게도 사정을 말하면 이해해 줄 테고요."

"후후, 그러는 게 좋아. …응. 달리 문제는 없네. 내일까지 준

48

비해 둘게.”

“네, 알겠습니다.”

“네, 알아주셨습니다.”

내가 한 말을 살짝 바꾸어 반복하는, 코스모스의 차분한 목소리.

정말로 학생회장일 때의 코스모스는 여유가 넘치는군.

“그럼 이만 실례하겠습니다. 나는 우리 반 준비로….”

“아, 기다려, 죠로! 해야 할 일은 다 끝났으니, 차라도 한 잔 어떨까?! 모처럼! 모처럼 단둘이고! 응? 응?!”

어이, 여유 어디로 갔어?

엄청 민첩하게 일어서서 내 교복을 덥석 붙잡았잖아.

“…한 잔뿐이에요!”

“으, 응! 그거면 충분해! 그럼 거기 앉아서 미동도 하지 말고 기다려 줘!”

왠지 그 말이 무섭다!

아까까지의 든든한 학생회장 코스모스는 어딘가로 사라지고, 도서실의 코스모스가 허둥지둥 바쁜 발소리를 내면서 차를 끓일 준비를 했다.

“…앗뜨뜨!”

“괜찮습니까?! 화상 입은 거 아니죠?”

아아, 어쩐지 서두르더라니…. 손에 뜨거운 물이 튀었잖아.

"무, 물론 괜찮아! 이 정도는 병원에 가지 않아도 돼!"

그 정도로 걱정하는 건 아닙니다.

조금 식히는 편이 좋지 않아? 정도입니다.

"조, 좋아! 기다렸지, 죠로!"

드디어 준비를 마친 코스모스가 주전자에서 찻잔에 차를 따랐다.

조용한 학생회실에 울리는 차 따르는 소리가 왠지 마음을 차분하게 해 주었다.

"저기, 팬지의 홍차와 비교하면 맛이 없을지도 모르지만, 이건 이거대로 맛있어!"

"…네, 맛있네요."

"그, 그렇지?! 자, 사양 말고 쭈욱… 아니, 한 잔뿐이고… 역시 혀 데면 안 될 테니까 천천히 마셔!"

"하아…."

"후훗. 이렇게 조용한 시간도 나쁘지 않네."

정서가 대단한데? 벌써 차분해졌어. 어떻게 된 거야?

정말이지 코스모스는 어른스러운 건지 애 같은 건지 잘 모르겠다.

"사실 최근 요란제 때문에 꽤 바빠서, 이렇게 느긋하게 보내는 시간은 나도 오랜만이야. 그, 그러니까… 저기, 딱 그 타이밍에 죠로랑 같이 있을 수 있는 건… 기, 기뻐…."

"가, 감사합니다."

코스모스, 말한 뒤에 그렇게 얼굴을 붉힐 거면 무리해서 말하지 마.

지금 말은 듣는 나도 꽤나 창피한 거니까.

""……""

…이런. 왠지 묘한 침묵이 생겨나서, 어색하지는 않은데 좀 낯부끄럽군.

"왜, 왠지 그러네요! 이렇게 있으니 예전의 학생회가 떠오른다고 할까… 그리운 기분이 드네요!"

그런 분위기를 이기지 못해서 억지로 나는 화제를 꺼냈다.

여기서 대화가 잘만 이어지면 이 분위기도 어느 정도는….

"그, 그래! 이전에 너는 서기였고… 아! 그렇지!"

응? 왜 그러지, 코스모스?

갑자기 뭔가 떠오른 것 같은 표정을 하고.

"죠로. 모처럼이니 이 기회에 한 가지 물어봐도 될까? 전부터 너한테 궁금한 게 있었는데."

"…점심시간의 그거 말인가요?"

"안심해. 그것과는 다른 거야. 전부터라고 말했잖아."

과연 그게 안심할 수 있는 내용일지 불안하지만, 일단 들어 보기로 하자.

"지금 너는 1학년 때와 꽤나 성격이 다르지?"

"으, 으음, 그렇죠. 솔직히 말해 본성을 숨겼고…."

우연이겠지만, 아까 프리뮬러에게도 비슷한 이야기를 들었다.

"내가 궁금한 것은 그 점이야. 저기, 너는 왜 자기 본성을 숨겼던 거지?"

"윽! 그, 그건 그렇게 어른스러운 성격이 여자한테 인기가 있겠거니 하고…."

"정말로 그것뿐일까?"

이런…. 코스모스는 소녀틱한 성격이지만 꽤나 날카롭다.

"예를 들어서 친구 관계로 고민해 본성을 숨겼다면 이해해. 나도 학생회에 있을 때와 도서실에 있을 때는 태도가 조금 다르니까."

조금? 아, 본인은 그 정도라고 생각하는 거구나….

"하지만 가짜 너는 어떤 때라도 일관되게 그 성격을 유지했어. 솔직히 말하자면 조금 기분 나빴지. '어떻게 죠로는 어떤 때라도, 어떤 상대에게도 같은 태도로 대할 수 있는 걸까? 왜 태도를 바꾸지 않는 걸까?'라고."

"기분 나빴습니까…."

"응, 기분 나빴어."

그렇게까지 딱 잘라 말하지 않아도 될 텐데.

"혹시나 하는 이야기인데… 네가 본성을 숨긴 이유는 달리 있었던 거 아냐?"

뭐, 그렇지만요.

…그래. 내가 내 본성을 숨기기 시작한 건 중학생이 된 뒤인데, 여자에게 인기를 끌고 싶다는 생각 외에도 또 하나의 이유가 있다.

"……."

"저기… 네가 말하기 껄끄러운 내용이라면 말하지 않아도 돼…."

내 침묵이 부담스러운지 코스모스는 다소 조심스럽게 말했다.

살짝 몸을 옹크리는 모습이 왠지 묘하게 귀여웠다.

"예전에 잘못을 저질렀습니다. …돌이킬 수 없는 잘못."

사실 이 이야기는 누구에게도 할 생각이 없었다.

떠올리고 싶지 않은 이야기고, 그저 스스로가 참담하고 한심할 뿐이니까.

하지만 코스모스가 이렇게 묻는다면 말하자.

어제 썬과 이야기하고 결의했잖아.

상대의 전력에는 나도 전력으로 부딪쳐야 한다고.

"초등학생 때, 나한테는 히마와리 말고도 사이좋은 여자애가 한 명 있었죠."

"히마와리 말고? 혹시 그 사람은…."

"뭐, 그런 거죠. 조금 창피한 이야기인데, 첫사랑이라고 할까…."

"부러운 이야기네…."

그렇게 말해도 한동안 못 만났지만….

"학교에서는 다른 녀석들도 있으니까 창피해서 거의 이야기 하지 않았지만, 학교가 파한 뒤에는 종종 히마와리와 셋이서 놀았습니다. 다들 따로따로 교실을 나섰다가, 돌아가는 길에 있는 상점가에서 합류하는 식으로."

"후훗. 죠로도 초등학생이었구나."

당연하잖아.

"다만… 어느 날 사건이 터졌습니다. 작은 사건이지만, 초등학생에게는 큰 사건이."

"사건?"

그리고 그 사건을 통해 나는 스스로를 꾸미기로 결의했다.

"당시 우리 반 여자애들 사이에서는 씰을 붙이는 게 유행했습니다."

"아, 그러고 보면 내 때도 유행했어! 딱 초등학생들이 사기 좋은 가격이었으니까, 다들 여러 종류의 씰을 사서 교환하고 그랬지."

"그 씰을 둘러싸고 사건이 생겼습니다."

"사건? 그건 대체…."

"도난 사건입니다. 반을 주도하던 여자애의 씰이 없어지고, 범인 찾기가 시작되어서."

"설마. 그래서 의심을 받은 게…."

"네. 그 아이입니다."

나나 히마와리와는 사이가 좋았지만, 다른 여자애들과의 관계는 그리 좋지 않았다.

자기주장이 약하고, 어딘가 접근하기 어려운 성격이었기 때문이다.

애초부터 반에서 고립된 느낌의 소녀, 억측으로 흐르는 안 좋은 소문. 그런 때에 일어난 도난 사건.

여자애들은 곧바로 그 아이를 범인으로 단정하고 규탄을 시작했다.

"없어졌다는 사실을 안 건 체육 수업 뒤. 그러니까 옷 갈아입을 때에 누군가가 훔쳤다는 이야기였는데, 그 애가 제일 늦게 운동장에 나타났던 거죠."

"그럼 정말로 그 아이가 범인일 가능성도?"

코스모스의 말에 나는 천천히 고개를 흔들며 부정했다.

그래. 절대로 그 아이는 범인이 아니다. 그걸 나는 잘 알고 있었다.

"아닙니다. 왜냐면 그 아이가 제일 늦게 나타났던 원인은 나였으니까요."

"죠로가? 하지만 아까 이야기로는 학교에서는 같이 있지 않는다고…."

56

"가끔씩, 누구의 눈에도 띄지 않는 시간에, 화단 수돗가에서 구실을 만들어 둘이서 만나곤 했죠. 그냥 잡담이지만, 비밀리에 만나는 게 즐거운 일면도 있어서. 그러니까 내가 그 이야기를 하면 되는 건데, …하지 못했습니다. 알려지면 놀림을 받을 거라고 생각해서."

초등학교 남자애들 사이에서는 흔한 이야기지만, 여자와 이야기하는 남자는 놀림감이 된다.

그리고 그대로 반에서 붕 뜨는 경우도 있다.

그게 싫어서 나는 그 애가 범인이 아니라는 걸 알면서도 아무것도 하지 않았다.

"그런, 건가…."

"히마와리는 그 애가 범인일 리가 없다고 필사적으로 감쌌지만, 나는 아무것도 하지 않았죠. 확실히 도울 방법을 알고 있었는데도 불구하고…."

그때의 사건은 지금도 떠올리면 등골이 서늘해진다.

다들 온갖 이유를 대며 그 아이를 범인으로 몰려고 했다.

'전부터 우리 씰을 탐내는 눈으로 봤다', '다른 애의 씰을 훔치는 걸 봤다', 같은 얘기를 무책임하게 지껄이고. 결국 그 녀석들은 진실을 폭로한다는 명목으로 자기들에게 유리한 진실을 만들려고 했을 뿐이었겠지.

…하지만 제일 최악인 사람은 자기 몸만 챙기느라 진실을 말

하지 않았던 나다.

"그래서 결국 사건은?"

"히마와리가 해결했습니다. 홀로 그 아이를 계속 믿어 준 히마와리가 '잘 찾아보면 나올 거야'라고 말하면서, 잃어버린 아이의 책상을 잘 찾아보았더니 그 전 수업 시간에 사용한 교과서 사이에 끼어 있었습니다. 그래서 사건은 해결되었지만…."

"그 아이는 큰 상처를 입었다. 그리고 너와의 사이에 큰 골이 생겼다…로군?"

코스모스의 말에 나는 말없이 끄덕였다.

모든 것이 해결된 뒤의 그 아이의 눈은 지금도 잘 기억한다. 슬픔과 실망, 거기에 분노가 깃든 눈으로 날 계속 바라보았고, 나는 두려워서 그 아이의 얼굴을 바라보지 못했다.

"그래서 당시의 나는 생각했습니다. '여학생들과 이야기하고 놀림받더라도 개의치 않도록 행동하는 녀석이 되자. 어른스럽고 무해하고, 누구와도 친하게 지낼 만한 녀석이 되자'라고."

이것이 내가 스스로를 꾸미기로 결심한 진짜 이유.

물론 흑심은 있었지만….

"…미안합니다, 안 좋은 이야기를 해서. 저기… 실망했습니까?"

"누구든 잘못은 저질러. 돌아보면 한심한 이야기지만 나도 올해 1학기에 꽤나 성대한 잘못을 저질렀잖아?"

"그러고 보면 그랬죠."

"하핫! 요 녀석이~"

이런 이야기를 들어도 다름없이 대해 주는 코스모스.

그 사실이 묘하게 기뻐서 무심코 농담을 했다.

하지만… 그때의 잘못만큼은 두 번 다시 거듭하지 않겠다.

그것이 그 아이에 대한 속죄로 이어지는 것도 아니지만, 그래도 말이다.

"차, 참고로, 그 아이와 네 관계는, 지금, 어, 어떤 식으로…."

"그 사건으로부터 한 달 뒤에 부모님의 직장 문제로 이사를 갔죠. 삿포로 쪽으로. 그러니까 초등학교 때를 마지막으로, 한 번도 못 만났습니다."

사이가 개선되는 일도 없이… 말이다.

"그, 그래! 아니, 안심해도 되나? 복잡하네…."

이리저리 표정이 변하는 코스모스가 묘하게 귀여워서 무심코 웃음이 나왔다.

"저기, 코스모스 회장. 이 이야기 말인데, 가능하면 다른 녀석들에게는… 음."

코스모스의 검지가 내 입술을 눌렀다.

"둘만의 비밀이지?"

"……! 그렇게, 부탁드, 드리겠습니다."

아니, 갑자기 이상한 짓 하지 말아 줘! 지금 행동은 진짜로 놀랐어….

"그럼 나는 이번에야말로 진짜로 돌아갈 테니!"

이상하게 목이 타서 단숨에 차를 비우고 나는 일어섰다.

이 이상 여기에 있으면 안 된다. 머릿속에서 울려 대는 경보가 그렇게 말했다.

"아, 죠로! 마지막으로 하나만, 괜찮을까?"

"뭡니까?"

"2주일 뒤의 요란제, 서로 멋진 추억이 남도록 열심히 하자."

"오, 오케이입니다!"

코스모스의 다정한 미소를 보는 게 부끄럽기 짝이 없어서, 나는 도망치듯이 학생회실을 뒤로했다.

녀석, 일부러 그런 거지? 아니면 그냥 솔직한 걸까? 어느 쪽이든 진짜 귀찮겠어….

하지만 코스모스의 말이 맞다.

올해 요란제. 코스모스에게는 마지막 요란제다.

그럼 최고의 추억이 되도록 해야지!

그런 생각을 한 것이 원인이었을까?

개최까지 1주일 남았을 때에 엄청난 일이 터졌다.

무슨 일이냐 하면….

등화식에 사용할 예정이던 일루미네이션이 어딘가로 사라졌어….

  요란제가 중지될지도 모르는 대사건.
  왜 나는 순풍에 돛 단 듯이 평화로운 일상을 보낼 수 없는 거
지?

나를 좋아하는 건
너 뿐이냐

나는 전에도 비슷한 경험을 했다

제 2 장

다음 주 월요일.

점심시간, 도서실의 독서 스페이스에 모인, 코스모스를 제외한 평소의 멤버들.

하지만 그 표정은 활기로 가득하던 지난주와 달리, 어두침침한 표정이 눈에 띄었다.

"우우~…. 코스모스 선배, 괜찮을까?"

"글쎄요? 아무리 코스모스 회장이라도, 이번 사태는 꽤…."

히마와리와 아스나로의 말처럼, 이번 상황은 진짜로 안 좋다.

요란제의 전야제… 등화식에서 쓸 예정이던 일루미네이션이 사라졌다.

많은 학생들이 기대하던, 니시키즈타 고등학교의 전통 행사… 등화식.

비가 많이 와서 일루미네이션을 사용하지 못하게 될 때에는 요란제를 연기할 정도로 重요한 행사.

그걸 할 수 없다면… 요란제 개최 자체가 위험해질지 모르는 사태다.

결과적으로 지금 니시키즈타의 분위기는 최악. 교내 전체에 날카로운 분위기가 떠돌았다.

그래서 지금 도서실에 코스모스는 없다.

학생회실에 모여서 일루미네이션의 행방을 계속 찾고 있기 때문이다.

뭐, 여기까지는 학교 전체의 문제인데… 실은 도서실 멤버에게 뭔가 묘한 사태가 발생했다.

"오, 오늘 학교, 무서워! 모르는 사람이, 잔뜩, 잔뜩 이상한 눈으로 쳐다봐!"

꽤나 겁먹은 히이라기의 발언.

'모르는 사람'이란 결코 수상한 아저씨가 아니라 우리 학교 학생들이다.

하지만 그 말이 꼭 틀린 것은 아니다.

나는 그렇지도 않지만, 다른 도서실 멤버는 등교 이후로 이상하게 학생들에게 주목을 받은 모양이었다. 게다가 그 시선이….

"나도 히이라기와 마찬가지로 이상한… 경멸 같은 시선을 받아 난처하달까."

"나는 남자들에게 꽤나 불쾌한 시선을 받았어. …대체 뭐지?"

"나는 왠지 여자들이 슬픈 눈으로 보던데! 아무 짓도 안 했는데!"

어째서인지 모르지만, 각기 다른 타입의 시선이다.

보통 그런 건 내가 담당할 텐데, 어째서인지 이번에는 정반대.

나만이 멀쩡하고, 다른 멤버는 모두 아웃이라는 이해 불가능한 사태다.

진짜로 왜 이렇게 된 거지?

"저, 저기, 다들 이유를 모르는 거지? 그럼 지금은 신경 끄도록 하자.”

내 말에 다들 고개를 끄덕였다.

오히려 이유를 알면 곤란하기에 솔직히 안심했다.

역시나 제일 큰 문제는….

“일루미네이션을 찾아야 할 텐데….”

최우선으로 해결해야 할 일은 당연히 이거다.

요란제가 개최되느냐 마느냐가 걸린, 중요한 구경거리이기도 하지만… 나로서는 그 이상으로 코스모스에게 가는 부담이 걱정이다.

“오늘 점심시간 전에 살짝 코스모스 회장을 만날 수 있었습니다만, 일루미네이션 문제로 꽤나 곤경에 처한 모습이었습니다. 학생들에게서도, 교사에게서도, 요란제를 개최할 수 있겠냐는 문의가 많아서…. 그저 ‘내가 어떻게든 하겠다’고 당찬 모습을 보였습니다….”

참나, 문제가 생겼으면 우리한테도 좀 이야기를 하라고….

뭐, 됐어. 그럼 나는 나대로 멋대로….

“어이, 팬지. 뭐 좋은 작전 없어? 이 상황을 단번에 역전시킬 수 있는 멋들어진….”

“없어.”

“네?”

왜 그래, 팬지? 평소보다 더욱 단적인….

"없다는 말이야. …이번 일은 아주 어려워. 평범한 학생인 우리가 해결하기엔 문제가 너무 커."

"아니, 그 결론은…."

"팬지, 간단히 포기하면 안 돼!"

"그렇습니다! 애초에 제대로 조사도 안 했는데 무리라고 단정하는 건, 신문부로서 허락할 수 없습니다!"

"히마와리, 아스나로. 나는 간단히 포기한 것도 아니고, 무리라고 단정하는 것도 아냐. 다만 생각한 뒤에 행동해야 한다고 말하는 거야."

뭐, 그렇지. 내 질문은 '단번에 상황을 뒤집을 수 있는 작전의 유무'고, 팬지는 그것이 '없다'고 대답했다. 하지만 시간을 들이면 해결할 수 있는 작전이 있을지도 모른다.

…다만 그렇다고 해도 팬지의 소극적인 태도가 묘하군.

"우우~! 그럴지도 모르지만, 뭔가 말이 별로야!"

"어머나, 그건 미안해."

히마와리가 화내는데도 불구하고 쌀쌀맞은 분위기고, 뭔가 내키지 않는 눈치다.

평소라면 조금은 더….

"팬지, 지금 학교 분위기는 최악이거든요? 게다가 거기에 휘말린 사람은 코스모스 회장입니다. 우리의 소중한 친구 아닙니까!"

"지금 나로서는 아무것도 할 수 없고, 뭘 할 생각도 없어."

어이어이, 잠깐만, 팬지. 너 무슨 소리 하는 거야?

"당신은…. 코스모스 회장이 얼마나…."

"잠깐, 진정들 해! 우리가 다퉈도 아무것도 해결되지 않잖아!"

위험했다~ 사잔카가 제지해 주지 않았으면 자칫 싸움이 날 뻔했어….

"……! 알겠습니다! 제가 잘못했습니다요, 팬지! 흥!"

아아~ 아스나로 녀석, 완전히 토라졌어.

저렇게 고개를 홱 돌리지 않아도 되잖아.

하지만 솔직히 말하자면 나도 아스나로와 같은 의견이다.

사잔카가 제지하지 않았으면 편승해서 화를 냈을지도 모른다.

정말로 팬지가 왜 저러지?

"다들 싸우면 안 돼! 괜찮아! 문제는 해결하면 될 뿐이야!"

조금 전까지는 그렇게 낯가림을 하던 히이라기가 아는 얼굴밖에 없다고 해도 이렇게 똑 부러진 의견을 내놓다니. 성장이 느껴지는 순간이지만….

"하지만 히이라기. 지금 상황을 해결할 좋은 방법은…."

"물론 있어! 내 작전이라면 확실히 해결할 수 있어!"

"…일단 들어는 볼까."

"츠바키에게 전부 맡기면 착착착 해 줄 거야!"

역시나 남에게 떠맡기는 거냐.

"난 그렇게까지 뭐든지 할 수 있는 건 아니지 않을까."

그렇죠~ 아무리 츠바키 씨라도 착착착 해결하는 건 무리지.

"겸손 떨지 않아도 돼! 츠바키한테는 분명 아주 대단한 작전이 있어!"

신용이 너무 무겁다, 히이라기.

"뭐, 일단 있기는 있는데….."

"역시 츠바키는 대단해! 그 작전을 가르쳐 줘!"

"…하아. 히이라기는 항상 이런달까….."

츠바키, 마음은 알겠지만 지금은 참아 줘.

"자! 얼른, 얼른!"

"응. 오늘부터 요란제 1주일 전이니까 오후 수업은 전부 요란제 준비에 쓰잖아? 그러니까 그 시간을 이용해서 다들 각자 나뉘어서 일루미네이션을 찾아보는 건 어떨까. 물론 학급이나 동아리 일도 거들면서 말이지만."

"츠바키, 대단해! 응! 나도 츠바키에게 찬성!"

천진난만한 웃음을 짓는 히마와리를 필두로 팬지를 제외한 멤버가 다들 고개를 끄덕였다.

미묘하게 석연치 않기는 한데, 지금은 팬지를 신경 쓸 때가 아니다.

그럼 나는 썬과 협력해서 일루미네이션을….

"좋아! 그럼 나는 야구부 녀석들과 협력해서 작업 짬짬이 찾아보지!"

으음…. 가능하면 베프와 함께 행동하고 싶었는데 무리겠군.

이번 일은 스케일이 크니까, 머릿수가 많으면 많을수록 좋다.

게다가 그게 우리 학교의 인기인 집단인 야구부라면 더더욱 그렇다.

"나는 아까 말한 대로 하겠어. 제대로 된 방법이 떠오를 때까지 아무것도 안 해."

"응. 알았달까."

팬지가 나름 생각하는 게 있다면, 마음대로 하게 내버려 두는 편이 좋겠지.

무슨 생각을 하는지 말하지 않는 것을 보면, 들려주고 싶지 않은 것일 테고.

"나는 아이리스와 애들하고 협력해서 2학년 여자애들한테 물어볼게! 이래 보여도 제법 인맥은 있는 편이니까!"

"OK! 그럼 우리들끼리 노력해서 일루미네이션을 찾아보자!"

"""Searching!!"""

사잔카… 아니, 카리스마 그룹 애들은 안정된 팀워크로 수사인가.

"그럼 나는 히이라기와 함께 사람들 이야기를 들어 보도록 할까."

"내가 츠바키랑 같이?! 와자! 아주아주 기뻐~!"

"히이라기는 몰래 숨어서 사람들 이야기를 엿듣는 게 특기고.

그 힘을 충분히 발휘하게 할까. 후후후….”

“츠바키가 날 믿어 주고 있어! 맡겨 줘! 내가 힘 좀 쓸게!”

“응. 믿어 볼까나, 히이라기.”

“흐흥~! 더 칭찬해~!”

히이라기, 칭찬을 듣고 기뻐하는 건 좋은데, 알고는 있냐?

그 여자는 너를 인파 속에 투입하려고 하는 건데?

하지만 히이라기의 엿듣기 스킬은 얼마 전에 나 자신이 직접 경험했고, 그걸 완벽하게 조종하는 츠바키가 있다면 전력이 될 게 틀림없겠지.

…하지만 이러면 츠바키도 나와 별도 행동이 되나.

츠바키는 팬지나 코스모스에 필적하든가 그 이상으로 머리가 돌아가니까, 같이 있으면 든든하긴 한데 어쩔 수 없지.

…응? 그렇다면 남은 멤버가 나와 함께 일루미네이션을 찾게 된다는 소리?

그리고 남은 멤버라고 하면….

“아스나로! 우리는 죠로랑 같이 수사야!”

“그러네요, 히마와리!”

아아~…. 너희냐~…. 하필이면 꼬맹이 콤비냐~….

“나 열심히 할 거야~! 죠로, 나한테 맡기면 척척박사야!”

척척 해결한다고 해라. 오히려 거기서 왜 그 말이 나오는지 의문이다.

"후후훗! 죠로, 드디어 제 실력을 보여 줄 때가 왔군요! 신문부의 취재라는 명목으로 교내를 마음대로 돌아다닐 수 있고! 이건 제 특기 분야겠죠!"

왜일까? 맞는 말이긴 한데, 머릿속에서 마구마구 솟구치는 이 불안은 대체 뭘까?

하지만 그런 내 마음을 전혀 모르는 거겠지.

꼬맹이 콤비는 쫄래쫄래 내 곁으로 다가와서 활짝 웃어 보였다.

포니테일과 바보털이 각각 강아지 꼬리처럼 마구 흔들리는데, 어떤 구조일까? 인체의 신비로군.

"힘내자, 죠로!"

"열심히 하죠, 죠로!"

"그, 그래⋯."

내가 어떻게 해야 할 듯한 분위기가 위험하군⋯. 좋아, 열심히 할까!

※

점심시간이 지나고 오후. 방금 전에 츠바키가 말한 대로 오늘부터 요란제 본격 준비 기간에 돌입하기에, 수업은 없다. 지금부터는 방과 후와 같다.

"좋았어~! 바로 조사 개시야, 죠로슨 군!"

"하아…. 그렇습니까…."

안녕하십니까, 여름 방학에 뵙고 또 뵙는군요, 죠로슨입니다.

이번에도 명(冥)탐정 히마와리 씨는 어디에선가 준비해 온 체크무늬 사냥 모자를 눌러쓰고 신이 난 모습입니다.

"죠로슨 군! 아주 중요한 정보가 있으니까 처음에 그걸 전하지!"

"뭡니까?"

"그건 바로, 범인은 이 학교 안에 있어!"

총 600명의 학생 중에 말이지요. 그거 참 중요하다.

"그렇죠! 역시나 히마와리입니다!"

"그렇지~? 에헤헤!"

과연 이 멤버로 진짜 괜찮은 걸까?

"그럼 일단 사정 청취야!"

누구한테? 네 말을 들어 보면 용의자는 넘쳐흐르는데?

"아. 그 전에 반 애들의 허가를 받자. 우리만 준비를 돕지 않고 조사하기도 그렇잖아?"

"듣고 보니 그러네!"

듣기 전에 알아차려라.

그런고로 우리 셋은 우리 반의 요란제 실행위원에게로. 참고로 우리 반의 요란제 실행위원 말인데… 축구부의 아루후와와 럭비부의 베에타였다.

"저기, 아루후와. 잠깐 괜찮을까? 부탁이 있는데….."

"응? 무슨 일이지, 죠로슨크~으! 응?"

"무슨 일이지, 죠로슨'? 쿠~후우~…. 쿠~후우~….."

일단 왜 내가 죠로슨이라고 불리는 걸 알고 있는지 물어봐도 될까?

여전히 카비라 씨 분위기고, 이쪽은… 아, 다스베이더인가.

"어어, 저기, 우리는 학급의 준비가 아니라 일루미네이션을 찾는 편이….."

"으으음! 학급의 준비보다도 일루미네이션 찾기를 우선하겠다고?!"

윽! 역시 안 되나? 그렇겠지, 사잔카나 카리스마 그룹 애들도 찾고 있고, 거기에 우리까지 준비에서 빠지는 건….

"드디어 **바로 그** 죠로슨이 움직이나…. 이대로 가다간 중지될지도 모르는 요란제. 구세주는 역시 이 남자인가…! 쿠~후우~…!"

"부탁이다, 죠로슨크으! 응! 우리의 요란제를 되찾아 줘!!"

대단하군, 죠로슨.

어느 틈에 반 아이들에게 이렇게까지 신뢰를 얻어 냈지?

"역시나 죠로슨 군! 나도 귀가 높아!"

코가 높다고 해라. 귀가 높아지면 그냥 엘프에 가까워질 뿐이

니까.

"그럼 나랑 아스나로랑 죠로슨 군은 일루미네이션을 찾기로 할게! 금방 찾아올 테니까!"

"맡기지. …쿠~후우~….."

아무튼 아루후와와 베에타에게서 허가를 받았으니 잘된 걸로 칠까…. 그래도 되나?

그런고로 바로 일루미네이션 수색을 개시…하는 게 아니라.

일단 지금 시점에서 알고 있는 정보를 정리하는 것부터 시작하기로 했으니, 아직 교실에 있다. 뭐, 우리 명탐정은 덮어놓고 행동하려고 했지만, 그건 당연히 제지했다.

"그럼 일단 정보 정리부터 시작할까요."

"그래. …아스나로, 일루미네이션이 마지막으로 확인된 게 언제지?"

"지난주 금요일 리허설 때입니다. 그리고 사건이 발각된 것이, …월요일 아침입니다."

"어? 주말 동안에는 몰랐어? 동아리 활동이나 요란제 준비로 학생은 왔었잖아?"

"주말에는 리허설이 없었으니까요. 그러니 일루미네이션은 본래 있던 장소… 자재실에 있다고 생각했습니다."

그렇군. 그럼 월요일에 또 준비를 위해 가지러 가 봤더니 없어졌단 말인가.

"으으음! 공백의 이틀이네!"

그럴싸하게 말하지만, 그냥 주말이 비었을 뿐이니까.

"그러면 금요일에 마지막까지 학교에 남아 있던 녀석이 뭔가 알지도 모르겠군. 난 지난주에 계속 아르바이트를 했으니까 18시 정도에 학교를 나섰는데, 히마와리와 아스나로는….""

"저는 경우에 따라서는 늦게까지 남아 있었지만, 문제의 금요일에는 조금 일찍 돌아갔습니다. 미안합니다….""

"난 끝까지 있었어! 제일 늦게까지 남았으니까!"

어, 이거 어쩐 일로 히마와리가 활약할 듯한 예감.

"그럼 히마와리, 마지막에 일루미네이션을 본 게 언제지?"

"으응, 19시 정도에 교정에서 봤어! 그다음에 테니스부의 대도구 제작이 끝난 뒤에 이것저것 정리했을 때는 없었어!"

"그럼 19시 정도까지는 있었다는 소리인가. …아니, 잠깐만."

어이, 히마와리는 대수롭지 않게 말했지만, 좀 이상하다.

이 녀석은 지금 '19시'에 일루미네이션을 보았다고 말했는데, 그 시간은 이상하다.

우리 학교의 마지막 하교 시각은 18시 30분. 그 이후 남은 학생은 엄한 생활 지도 담당 교사인 쇼모토 선생님(우탄)이나 코스모스가 사정없이 귀가시킨다.

"히마와리. 어떻게 19시까지 학교에 남아 있었어? 마지막 하교 시각은….”

“저기, 늦게까지 남아 있어도 괜찮았어!”

“응? 그게 뭐야? 나는 그런 이야기는 한 번도….”

“아하하! 죠로슨 군, 몰랐던 거구나~!”

…왠지 조금 열 받는데.

“코스모스 회장이 학교에 이야기해 줬습니다. 요란제 준비로 늦게까지 남아 있으려는 학생이 있으리라는 판단으로, 본래 마지막 하교 시각인 18시 30분을 20시까지로 연장해 주었습니다. 원래 요란제도 일루미네이션 때문에 20시까지 개최되니까, 거기에 맞춘 시간으로 했겠죠.”

그래. 그런 사정이 있었나.

하지만 마지막 하교 시각까지 연장하다니, 역시나 우리의 슈퍼 학생회장.

“아아아아아!”

“우왓! 왜 그러나요, 히마와리! 갑자기 그런 고함을 지르고.”

“나, 알아 버렸어!”

“어어, 뭘 말인가요?”

“늦게까지 남아 있던 사람이 범인이야!”

그래, 알아. 그리고 전혀 범인이 좁혀지지 않아.

“좋았어~! 늦게까지 남아 있던 사람, 모두 붙잡을 거니까!”

꽤나 범인이 많은 대대적인 사건이었군, 제일 늦게까지 남아 있었던 명탐정 씨.

"아무튼 금요일 방과 후, 연장된 마지막 하교 시각까지 남아 있었을 사람에게 이야기를 들어 볼까요! 누구한테 들어 볼지는 대충 찍어 놨고요!"

아스나로, 멋지게도 히마와리를 무시하는군.

"어? 그래?"

"네! 일루미네이션은 리허설 사정상, 없어지기 직전까지 교정에 있었습니다! 즉, 교정 근처에서 작업했던 운동부 사람에게 물어보면 될 거라 생각합니다!"

"역시나 아스나로! 나도 그 말을 하고 싶었어!"

거짓말하지 마.

"그래. …그럼 그 운동부 사람이란…."

"제 조사에 따르면, 제일 늦게까지 교정에서 요란제 준비를 했던 동아리는 테니스부, 야구부, 그리고… 소프트볼부입니다!"

테니스부는 히마와리, 야구부는 썬.

그리고 소프트볼부 녀석이라면… 아하, **그 녀석**인가.

왠지 모르게 좀 귀찮은 상대로군….

※

우리가 교실에서 복도로 나가자, 요란제 준비 기간이라 많은 학생들의 모습이 보였다. …하지만 그 분위기는 빈말로도 좋다고 할 수는 없었다.

"저기, 등화식에 쓸 일루미네이션이 없어졌다는 게 진짜야?"

"진짜인가 봐. 오늘 아침에 자재실을 확인했더니 없어졌다고 그래서, 지금 학생회 사람들이 황급히 찾고 있대. …왜 없어진 거지?"

"그래서 아까 학생회 사람들이 운동부 동아리방을 하나하나 확인한 건가. …근데 그 분위기를 보아하니 못 찾은 모양이던데~"

"아니…. 그럼 올해 요란제는… 중지되는 거야?"

"아직 결정된 건 아닌가 봐. 코스모스 회장이 '내가 어떻게든 한다'고 말했다는 모양이고."

복도를 걷고 있으니 들려오는 학생들의 불안한 목소리.

다들 요란제 개최에 대해 꽤나 걱정하는 모습이다.

"그보다 코스모스 선배면 괜찮을까? 그 사람은…."

"아니, 여차하면 코스모스 선배가 새로 사 줄지도 몰라! 어떤 의미로 항상 써먹는 방법이고!"

"그, 그런가! 그럴지도!"

…응? 뭐지, 지금 그 말은?

왜 그들은 코스모스가 일루미네이션을 새로 사 줄 거라고 기대하지?

"뭔가 이상하네요. 대체 저 사람들은 무슨 소리를…."

아무래도 아스나로도 대화 내용이 마음에 걸리는지 의문스러운 표정을 지었다.

그러면서 착실히 메모를 하는 모습은 역시나 신문부라고 할까.

"코스모스 선배, 그렇게 돈 많지 않아! 여름 방학 때도 처음 스스로 옷을 샀다고 그랬을 정도야!"

히마와리, 그건 돈의 문제가 아니라 센스의 문제야.

게코리나 사건을 자꾸 떠올리게 하지 말아 줘.

…어라? 정면에서 걸어오는 저 녀석은….

"오! 죠로잖앙~! 이런 곳에서 만나다니 우연이잖앙~!"

마침 잘되었군. 심문할 사람이 알아서 찾아와 주다니.

"프리뮬러, 마침 잘됐어."

"마침 잘됐다? 어라라? 뭔데, 뭔데~? 혹시 사랑의 고백이라든가앙~?"

그럴 리 있겠냐. 아니, 이 녀석은 항상 이렇지.

많은 학생들이 일루미네이션 때문에 신경이 날카로워졌어도….

"프리뮬러, 죠로한테 이상한 소리 하면 안 돼! 죠로, 그 예정은 이미 다 찼으니까, 그런 짓 안 해!"

"그렇습니다! 죠로의 예정은 이미 정해져 있으니까, 멋대로 이상한 예정을 더하지 말아 주세요! 정말이지!"

너희들, 그 말을 그대로 돌려줘도 될까?

"아하하! 농담이야, 농담! 그렇게 화내지 마, 히마와리, 아스나로! 나랑 너희 사이잖앙~!"

왠지 비슷한 소리를 사잔카랑도 했던 것 같은데.

"그리고 정말로 나한테 볼일이 있는 모양인데, 무슨 일이야?"

"아, 그랬죠. …프리뮬러, 당신은 지난주 금요일, 마지막 하교 시각 직전까지 남아 있었죠? 그러면 일루미네이션에 대해 뭔가 아는 게 있을까 싶어서 이야기를 들으러 왔습니다!"

"아하, 그런 건가….'

왠지 갑자기 태도가 싸늘해졌군.

뭐, 듣기에 따라서는 일루미네이션이 없어진 원인이라고 의심하는 것처럼도 들리니까 그럴 만도 하려나.

"결코 프리뮬러를 의심하는 게 아닙니다! 뭔가 아는 게 있으면 알려 줬으면 좋겠습니다! 소프트볼부는 제일 늦게까지 남아 있었으니까 아는 게 하나도 없지는 않겠죠!"

즉, 아무것도 모른다고 대답하면 의심한다는 소리인가.

아스나로는 이럴 때 정말로 가차 없어….

"질문이 좀 그러네~ …하지만 아쉽게도 나는 아무것도 몰라."

"정말입니까? 방금 전과 태도가 꽤 다른 것 같은데요?"

그건 네가 프리뮬러를 부채질했으니까…라는 소리는 하지 말자.

여자들끼리의 다툼에 남자는 정말로 무력한 존재다.

"정말이야. 나는 18시까지 작업을 마치고 우리 반으로 돌아갔거든. …그리고 그다음까지 남아 있던 건 1학년뿐이야."

"그럼 18시 이후에 당신이 뭘 했는지 가르쳐 줄 수 있습니까?"

"교실에서 사잔카한테 바느질을 배우고, 그게 대충 끝난 뒤에는 친구들하고 수다를 떨었지."

"그렇습니까. …알겠습니다! 고맙습니다! 일단 얘기를 나눴다는 그 친구의 이름을 알려 줄 수 있겠습니까?"

"알겠사옵니다~"

확 밝은 표정으로 바뀌어 공손히 허리를 굽혀 인사하는 아스나로.

지금 이야기가 사실인지 거짓인지는 사잔카에게 확인하면 되겠지만, 아마도 사실이겠지.

사잔카에게 확인해서 거짓말이라는 게 들통나면 그녀에 대한 의심이 더욱 커진다.

아무리 그래도 그렇게 멍청한 짓은 않겠지. 물론 그래도 확인은 하겠지만.

"그럼 다음은 그 소프트볼부의 1학년에게 이야기를 들으러 갈까. 프리뮬러, 제일 늦게까지 남아 있었다는 1학년 부원이 누구인지는 알고 있어?"

"그거라면 맡겨 줘! 3반의 아카이 나데시코라는 애야! 어른스러운 아이니까, 너무 괴롭히지는 말아 줄래?"

"딱히 괴롭힐 생각은 없으니까 안심해."

1학년 3반이라면 아이리스의 **남자 친구**이며, 이전에 '나를 좋아한다'는 말도 안 되는 발언을 했던 우스이 아스카… 민트와 같은 반인가. 그 녀석과 말하는 건, …조금 무섭군.

"땡큐. 그럼 이만…."

"아, 잠깐만, 죠로."

"왜?"

어째서인지 프리뮬러가 꽤나 진지한 표정으로 이쪽을 보는데.

"나는 학생회의 관리 미스로 일루미네이션이 없어졌다고만 생각했는데, 너희는 그렇게 생각하지 않는 거지?"

"그럴 리는 없어. 코스모스 회장이 관리하는 게 그렇게 간단히 없어질 리가…."

"죠로, 그건 학생회장을 너무 믿는 거 아냐? 그 사람은 딱히 그렇게 대단한 사람도 아니라고 생각하는데?"

"무슨 의미야?"

"우히익! 그렇게 무서운 얼굴 하지 마! 나는 그저 사실을 말할 뿐이야! 그거 알아? 최근 학생회장한테 이상한 소문이 떠도는 걸…."

"이상한 소문?"

뭐, 이상한 부분이 있는 건 잘 알지만, 이상한 소문은 들어 본 적 없는데.

오히려 교내에선 좋은 소문밖에 없다고 생각했는데….

"왠지 그 사람, '의대 추천을 받아 내기 위해 내신 점수를 따려고 교사에게 손을 쓰고 있다'라나 봐. 그 인간 집안은 부자잖아? 그러니까 연줄이 꽤 있다나 봐. 학생회장이 될 때도 비슷한 수를 썼다고 그러고. …그러니까 대단한 사람은 아니라고 생각해."

"뭐어어어어?!"

"자, 잠깐! 목소리가 커!"

아니, 커질 만도 하지! 코스모스가 내신 점수를 따려고 그런 짓을 할 리가 있겠냐!

"네가 말도 안 되는 소리를 하니까 그렇지!"

아니, 아까 학생들의 대화도 그런 소리인가?!

코스모스가 지금까지 돈으로 많은 일을 해 왔으니까, 이번에도 어쩌고저쩌고 하던….

"어차, 이거 실례! 뭐, 소문은 소문이니까 신경 쓰지 마!"

"당연하지! 그딴 짓을 코스모스 회장이 할 리가 없어!"

"…정말로 그럴까?"

뭐야, 프리뮬러 녀석. 꽤나 진지한 목소리로 말하고.

"내가 보자면 그 사람은 전부터 수상쩍었는데~"

"뭐야? 전에 코스모스 회장하고 무슨 일이 있었는데?"

"별~로~ 학생회장이랑은 엮인 적이 거의 없어. …다만 내 친구들도 다들 하는 말인데, 멀리서 봐도 확연히 남녀에 대해 태도가 다르고 점수 따려고 든다고. 그러니까 마음에 안 들어~"

뭐어?! 코스모스의 태도가 남녀에 따라 달라? 아니, 그게 무슨 소리야.

녀석은 조금 소녀틱하지만, 평소에는 똑 부러지고….

"프리뮬러! 왜 그런 소리를 해? 코스모스 선배, 좋은 사람이야!"

"히마와리 말이 맞습니다! 코스모스 회장은 모두에게 평등하게 잘해 줍니다! 엄할 때도 있습니다만, 그 이상으로 누구보다도 학생들을 생각해 줍니다!"

"그럴까~? 나는 그렇지 않다고 생각하는데~? …실제로 야구부는 전혀 주의를 받지 않는데, 소프트볼부는 곧잘 주의를 듣고. …평등하지 않잖아?"

그건 소프트볼부에 문제가 있어서…라고 생각하는 나는 코스모스와 가까운 인간이기 때문일까?

"뭐, 신경 쓰지 마! 이건 아까의 앙갚음도 포함된 거니까! 자! 이걸로 쌤쌤!"

아스나로가 부채질했던 것을 갚았다는 말인가.

프리뮬러는 텐션이 높고 아무 생각이 없는 것처럼 보이면서도, 꽤나 만만찮은 녀석이로군.

"그럼 난 이제 교실에 갈 테니까, 뒷일은 알아서 하시든가! 그리고 사잔카에게 고맙다는 말 좀 전해 줘용~!"

자기 하고 싶은 말만 다 하고 내빼는 것 같군….

하지만 일루미네이션은 둘째 치고, 왜 코스모스에게 그런 소문이 나돌지?

그렇게 당치않은 소문의 표적은 보통 나인데 말이야….

"아스나로, 신문부에서 지금 그 소문은…."

"저도 처음 듣습니다. 최근에는 요란제 취재에만 신경 써서…."

대답과 동시에 메모를 하는 아스나로. 아마도 내용은 아까 프리뮬러가 한 이야기겠지.

"그래. …알았어. 아무튼 프리뮬러가 말한 1학년한테 가 보자."

"으음~! 금방 일루미네이션을 찾아서 전부 해결할 거니까!"

※

2학년 층에서 1학년 층으로 이동한 우리는 그대로 민트가 속한 3반으로.

거기서 힐끗 교실 안을 엿보니….

"하아. 첫 등화식, 기대하고 있었는데…."

"너무하잖아. 지금은 학생회장인 코스모스 선배가 학교 측을 매수해서 학생회…라고 할까, 자기는 책임을 지지 않도록 했다는 모양이야. …그 사람, 의대 추천 입학이 정해졌잖아? 그러니까 지금 무슨 일이 생기면 안 된다면서."

"우와! 그거 학생회장 이전에 인간으로서 틀려먹었잖아! 믿기지 않아…."

아무래도 프리뮬러가 말했던 소문은 2학년만이 아니라 1학년 사이에도 침투한 모양이었다. 게다가 악화된 상태로.

정말로 소문이란 놈은 퍼지면 퍼질수록 계속 꼬리가 붙는군.

하지만 일루미네이션이 사라진 것만으로도, 학교에서 꽤나 인기 있는 코스모스에게 이런 소문이 나돌게 되다니…. 요란제가 얼마나 중요한 이벤트인지 알겠다.

그런데 민트는 어디에… 아, 저기 있다. 반 여자애들에게 놀림 당하고 있군.

"민트, 이 옷 입어 봐! 잘 어울릴 테니까!"

"그거 여자용 간호사복이잖아?"

"응! 그래! 하지만 민트라면 어울릴 테니까 입어 봐!"

"시, 싫어! 나는 남자란 말이야!"

그래, 민트는 틀림없이 남자고, 사귀는 여자 친구도 있다. 그러니까 두려워할 것 없이 안전한….

"아! 죠로 선배♡ 무슨 일인가요~?"

기분 탓인지 선배 뒤에 괜한 마크가 보인 것도 같은데, 기분 탓이지?

단호히 기분 탓이다. 사실이라고 해도 기분 탓이다.

"여어… 민트."

간들거리는 목소리로 다가온 민트는 여전히 남자치고 작은 160센티미터.

동글동글한 눈동자가 귀엽고, 그 부드러울 듯한 몸은 무심코 안고 싶어지…지 않으니까! 절대로, 안 그러니까! 그런 취미는 털끝만큼도 없으니까!

"실은 너한테 질문할 게 있어서 왔어."

"저한테 질문하는 건가요? 죠로 선배♡가? 후훗! 그건 기쁘네요!"

그렇지? 그러니까 우선 내 반경 10미터 이내에 접근하지 마.

라고 말하고 싶은 마음은 꾹 누르고,

"저기, 이 반에 아카이 나데시코라는 애한테 이야기를 좀 들을 게 있는데, 소개해 줄 수 없을까?"

"나데시코 말인가요? 괜찮지만…."

응? 민트 녀석, 왜 저러지? 왠지 머쓱하다는 기색으로 나를… 이 아니라 히마와리와 아스나로를 보는데?

"죠로 선배♡만이라면 소개할 수 있을 겁니다. 다만, 저기…."

"에엑~! 왜 우리는 안 돼, 민트?"

"그렇습니다! 우리도 같이 이야기를 듣고 싶습니다!"

왜지? 평소의 흐름이라면 나를 꺼리고, 다른 애들을 환영하는데….

"저기, 저 사람… 키사라기 선배 아냐?"

"와아! 진짜다! 키사라기 선배야!"

"왜 우리 반에?! 아, 하지만 다른 두 사람은… 테니스부의 히나타 선배랑 신문부의 하네타치 선배 아냐? 코스모스 회장이랑 사이가 좋다는…."

"키사라기 선배는 괜찮지만, 다른 두 사람은 조금…."

어, 뭐지, 왜 갑작스럽게 내가 인기 있지?

그리고 너희 뭔가 저질렀냐, 히마와리, 아스나로?

"공전절후(空前絕後)의 대사건이야! 죠로가 인기 있어!"

"미, 믿기지 않습니다…. 죠로, 당신은 어느 틈에 1학년 모두에게 최면술을?!"

어이, 너희들. 왜 그리 나를 신용하지 않는데?

말해 두겠는데, 나는 그거거든? 여차할 때에는 재치도 있고, 가만히 지켜보면 그렇게 나쁘지 않다고 자부한다고.

"저기, 말이죠. …코스모스 회장에 대한 소문, 알고 있나요?"

"듣긴 했는데, 딱히 히마와리랑 아스나로는…."

"그게 말이죠. 도서실 업무를 하는 사람들은 코스모스 회장의 은혜를 받고 있는 것 아니냐는 이야기가 되어서…."

코스모스의 오해에서 온 악평에 추가로, 도서실 멤버의 신용도 떨어지는 건가.

혹시 그게 히이라기나 츠바키가 말했던 이상한 시선… '경멸하는 듯한 눈'으로 쳐다보는 원인인가?

으음, 납득은 가는데, 썬이나 사잔카는 좀 다른 장르의 시선이라고 그랬거든? 그쪽의 원인은 다른가?

"그럼 왜 나는…."

"그건….."

"있잖아, 키사라기 선배랑 이야기하기도 꺼려지지만, 꾹 참고 친해지면 오오가 선배나 야구부 사람들을 소개받을 수 있겠지?"

"응! 보기만 해도 구역질이 대대적으로 나지만, 야구부의 오오가 선배의 베프잖아! 친해질 가치는 있어!"

"새우… 아니! 산업 폐기물로 도미를 낚는 거네!"※

…그런 거냐.

코스모스 건으로 도서실의 평판은 나쁘지만, 코시엔에서 활약한 썬은 빠지는 거고, 더불어서 그런 썬이나 야구부를 노리고 그의 친구인 내가 인기 있다.

굿바이, 나의 인기. 순식간에 사라졌군. …가슴 아프다.

"저기… 그렇게 돼서, 죠로 선배♡만이라면, 다들 이야기를 들어 줄 거라 생각해요. …죄송합니다."

"아니! 괜찮아, 민트! 가르쳐 줘서 고마워!"

※산업 폐기물로~ : 작은 것을 희생하여 큰 성과를 거두다는 의미의 '새우로 도미를 낚다'라는 일본 속담을 이용한 말장난.

"그럼 여기는 산업… 어흡. 죠로에게 맡기죠! 자, 이야기를 듣고 와 주세요!"

꽤나 기쁜 목소리로군, 너희들.

그렇게 남의 불행을 기뻐하면, 언젠가 두 배로 대가를 치르게 될 테니까!

"그럼 그 아카이 나데시코라는 애를 소개해 줘, 민트."

"알겠습니다. 그럼… 실례하겠습니다. 같이 좀 와 주세요."

응, 평범하게 따라갈 테니까 손은 잡지 않아도 돼. 얼른 놔.

왜 나는 남자랑 손을 잡고 1학년 교실 안을 걸어야 하는 거지….

"나데시코~! 잠깐 괜찮을까? 죠로 선배♡가 물어보고 싶은 게 있대!"

민트의 목소리에 이쪽을 돌아본 사람은 창가에서 다른 여학생과 이야기하던 소녀.

헤에… 저 애가 아카이 나데시코인가. 제법… 아니, 상당히 미인이군.

"네? 저한테… 키사라기 선배가?! 어머! 그건 기쁜 일이네요!"

비단처럼 매끄러운 긴 머리. 소프트볼부에 소속되었다고는 믿기지 않는 하얗고 투명한 피부. 가는 체격에 키는 민트와 비슷한 정도니까 160센티미터 정도겠지.

말씨도 그렇지만, 행동거지나 외모에서도 기품이 눈에 띈다.

"안녕하세요, 키사라기 선배! 저는 아카이 나데시코라고 합니다!"

"어, 어어, 그래. 나는 키사라기야. 잘 부탁해, 아카⋯."

"나데시코⋯라고 불러 주시면 된답니다. 후후훗."

"아, 알았어. 잘 부탁해, ⋯나, 나데시코."

왜지? 기품 있고 다정해 보이는 아이인데, 이렇게 이야기를 해 보니 맹렬하게 안 좋은 예감이 든다.

아, 혹시 내가 아가씨 말투의 여자를 꺼리기 때문일지도.

전에는 괜찮았는데, 최근 들어서 어디의 치어리딩부의 부장이 떠오르니까⋯.

나데시코는 그 이상한 인간과 달리 어른스러운 모양이지만.

"어어, 저는 히나타 선배나 하네타치 선배랑도 이야기해야 하나요? ⋯무례임을 알면서 말씀드리자면, 그분들에 대해 별로 좋은 이야기가 들리지 않아서⋯."

"안심해. 나하고만 이야기하면 돼."

"그러면 괜찮습니다! 감사합니다!"

기품 있고 다정해 보이지만, 다른 1학년 여학생들과 마찬가지로 히마와리나 아스나로를 꺼리나.

"저기, 그래서 말인데요, 키사라기 선배. 혹시 제 인상이 좋다면 말이지만요, 꼭 소개해 주셨으면 하는 남자분이 있는데⋯."

아, 그렇지. 나는 결국 새우 내지 산업 폐기물이지.

일단 자기 목적을 달성하려고 드는 면에서는 빈틈이 없군.

"썬을 소개해 달라고?"

"아뇨, 무슨 말씀을! '오오가 선배는 최근 밤이 되면 다른 학교 여학생과 밀회를 하고 있다'는 소문도 있고, 저로서는 도저히…."

어이, 또 이상한 소문이 튀어나왔는데?

코스모스에 이어서 이번에는 썬이냐? 게다가 다른 학교 학생과 밤마다 밀회라고?

우리 학교는 대체 어떻게 되어먹은 거야?

다만 하찮은 수수께끼가 하나 풀렸군.

아마도 썬이 여학생들에게 '슬픈 시선'을 받은 것은 이 소문이 원인인 것 같다.

썬은 최근 엄청나게 인기 있고….

"그래. 그렇다면 누구? …새 주장인 아나에?"

녀석도 코시엔에서 활약했으니까 인기가 있다…는 이야기는 별로 못 들었군.

"아뇨, 아뇨! 아나에 선배는 3학년 히구치 선배와 밀접한 관계라는 모양이고, 두 사람의 세계를 제가 방해할 수는 없답니다!"

그래서 아나에는 인기가 없었던 거냐…. 안타깝군….

하지만 그렇다면 남은 사람은 저번 주장인 쿠츠키 선배든가, 또 한 명….

"제가 소개해 주십사 하는 건··· 2학년인 시바 타츠오 선배랍니다!"

그 시스콤 말인가~···. 아니, 소개야 해 줄 수도 있거든? 할 수야 있는데, 그 인간은 여동생 바보고, 상대가 아주 안 좋다고 할까, 너랑 그 여동생은 포지션이 겹친다고 할까···.

아니, 만난 적도 없지만, 시바의 여동생이랑은.

"아무튼 내 이야기를 좀 들어 주겠어? 시바는··· 뭐, 힘 좀 써 볼 테니까."

"정말인가요! 감사합니다!"

아무튼 썬에게 의논할 일이 하나 생겼군.

"그럼 짧게 물을게. 지난주 금요일, 나데시코는 방과 후 늦게까지 교정에 남아서 작업을 했지? 그렇게 프리뮬러한테 들었는데···."

"사오토메 선배에게 말인가요? ······네, 그렇습니다! 저는 마지막 하교 시각 직전까지 남아서 소프트볼부의 가게에 쓸 장식을 동아리방으로 옮겼답니다."

왠지 지금 도중에 묘한 침묵이 있었는데?

"그때 일루미네이션 못 봤어?"

"네, 분명히 19시 30분 정도였죠. 그 시간까지 일루미네이션은 교정에 있었답니다."

"19시 30분? 그렇게 마지막 하교 시각 직전까지 그냥 방치되어 있었어?"

"일루미네이션은 리허설이 끝난 뒤에 교정을 이용하는 운동부가 운반해 정리했답니다. 그러니 정리한 시간은 담당한 동아리에 따라 다르죠."

그렇다면 금요일에 일루미네이션 정리 담당이었던 동아리가 의심스럽군.

대체 어느 동아리였지?

"저기, 참고로 그날 일루미네이션을 정리했던 동아리, 혹은 누가 정리했는지 봤어?"

"물론 보았답니다! 그날 일루미네이션을 정리했던 사람은…."

오오! 이거 예상 밖으로 유력한 정보잖아!

그럼 다음에 그 녀석에게 이야기를 들으면 일루미네이션의 행방이….

"야구부의 매니저… 탄포포 양이죠!"

좋아, 범인을 찾았다. 얼른 포획을 위해 햄버그를 준비하자.

그 뒤에 이야기를 들려준 나데시코에게 감사의 말을 한 나는 일단 3반에서 철수.

여러모로 고생하고 다닌 것이 그 바보 탓이라고 생각하니, 신기하게도 증오가 샘솟았다.

그 녀석, 다음에 보면 각오해라….

"죠로, 어떻게 됐습니까? 뭔가 유력한 정보라도 얻었습니까?"

"아무래도 탄포포가 지난주 금요일에 일루미네이션을 정리한 모양이야."

"탄포포가? 하지만, 하지만 그럼 썬이 뭔가 알지도!"

"그래. 하지만 썬에게서는 아무런 연락도 없고, 일단 탄포포에게 가 보자."

"그렇군요! 저도 찬성입니다!"

그런고로 다음에 갈 곳은 야구부인가.

분명히 동아리방에서 요란제 관련 회의를 한다고 그랬으니까 그쪽으로… 응? 왠지 엄지와 검지로 내 교복을 꽉 붙잡는 녀석이 있는데….

"저기, 죠로 선배♡. 잠깐 괜찮을까요?"

"왜 그래, 민트? 할 말이 있으면 그냥 말을 걸면 돼. 다음부터는 그렇게 해 줘."

"아, 알겠습니다…. 그래서 말인데요, 일루미네이션이랑 관계없는 일이긴 한데, 조금 의논할 게 있어서. …사잔카 선배 문제로."

이상하네? 사잔카에게는 '♡'가 안 붙어 있는 것 같은데.

"사잔카한테 무슨 문제 있어?"

민트의 여자 친구… 아이리스의 제일가는 친구니까, 민트 본인도 걱정하는 표정이군.

"실은 사잔카 선배에게 묘한 소문이 있어요…."

어이, 어이, 이걸로 몇 번째야, 이상한 소문이.

게다가 전부 나랑 관련 있는 도서실 멤버뿐인데, 왜인지 나는 무사하고.

"일단 내용을 들어 보지."

"그게 말이죠, 저기, 말하기 좀 그런데요… 아무래도 사잔카 선배에게 '열심히 부탁하면 야한 토끼 코스튬을 입고 토끼토끼 해 준다'는 소문이 있습니다."

"야한 토끼가… 토끼토끼…라고…?"

그게 뭐야?! 여름 방학에 모두의 멋지기 짝이 없는 버니걸을 보았지만, 야한 거라면 그 이상이 확정적이며 명백! 게다가 토끼토끼라니!

대체 어떻게 된 거지?!

"어디까지나 소문인데요! 왜 그런 소문이 나도는지 몰라서…."

"괜찮아, 민트! 그건 그냥 소문! 사잔카, 그런 짓 안 해!"

"어쩌면 그래서 아침부터 남학생들이 사잔카를 '음란한 눈'으로 보았을지도 모르겠군요…. 뭐, 결국은 밑도 끝도 없는 소문이지만요!"

과연 정말로 그럴까?! 진위를 확실히 조사해야….

"그렇죠, 죠로!"

"…헛! 그렇지토끼! 나도 히마와리와 아스나로의 의견에 대찬

성토끼!"

"죠로… 어미가 이상해졌네요…."

"기분 탓이야!"

지, 진정하자! 이런 건 어디까지나 소문에 불과해.

애초에 진지하게 받아들이고 도전했다가 실패라도 해 봐. 나는 확실히 죽는다.

게다가 지금은 일루미네이션 탐색이 최우선. 이상한 토끼토끼 소문에 낚이는 건 나중 일이다!

"좋아! 그럼 야구부로 가 볼까! 히마와리, 아스나로, 둘은 먼저 가 보겠어? 나는 잠깐 볼일을 처리하고 갈 테니까."

"응! 알았어! 그럼 나랑 아스나로는…."

"왜 우리 둘이 먼저 가야 하는 건가요?"

…아스나로 녀석, 묘한 쪽으로 날카로워서….

"죠로, 설마 당신은 우리를 먼저 야구부 동아리방으로 보내고, 그 틈에 사잔카에게 이상한 부탁을 할 생각은 아니겠죠?"

"헛! 그럴 리 없잖아!"

"과연 그럴까요? 아까 죠로는 꽤나…."

훗. 아스나로, 그런 건 당연하게도 할 생각이 없단다?

그리고 설명 고마워. 감사하지.

"안 한다고 했잖아. 애초에 사잔카의 성격을 생각해 봐. 내가 그런 짓을 했다간 틀림없이 좋은 꼴 못 볼 게 뻔하잖아."

"히마와리, 죠로는 거짓말을 하고 있습니까?"

"아니! 죠로, 거짓말 안 하고 있어!"

정말이지 그 히마와리 탐지기 귀찮아!

그렇긴 해도 지금은 아니지만! 크크큭… 오히려 지금은 잘됐군!

내가 거짓말을 하는 게 아니라고 믿어 줄 테니까!

"그렇습니까. …저기, 의심해서 미안합니다."

"신경 쓰지 마."

꾸벅 사죄하는 아스나로에게 나는 여유 넘치게 웃어 주었다.

그래, 사과할 필요는 하나도 없으니까.

"그럼 저와 히마와리는 먼저 야구부로 가도록 하죠!"

"Let's dash야! 아스나로!"

발걸음도 가볍게 야구부 동아리방으로 향하는 히마와리와 아스나로.

홀로 복도에 남겨진 나— 죠로＝키사라기 아마츠유.

그러면… 좋았어어어어! 기대하고 고대하던 짝수 권! 즉, 그런 거지!

야한 토끼… 나로서는 대체 어떤 것인지 전혀 모르겠다!

그렇다고 해서 사잔카에게 직접 부탁한다? 대답은… NO! 나는 그런 어리석은 짓을 하지 않아!

있잖아? 더 쿨하고 스마트하고 스위트한 방법이!

답은…… YES! 그분의 차례 외에 무엇이 있을까!

그분이라면! 그분이라면 분명 어떻게든 해 줄 것이다!

그러면 오랜만에 환상현현신의 소환 시간이다! 이얏호오오오!

친애하는 우리 세계의 지배자(일러스트레이터)… 신(브리키)이시여! 나에게 힘을 주시….

"어머? 거기에 있는 사람은 키사라기 선배 아닌가요? 혹시 저를 만나고 싶어서 만나고 싶어서 견디다 못해, 1학년 층에서 기다리고 있었던가요? 어머나~! 어쩔 수 없네요~! 우훗!"

아, 이런! 이 패턴은 여름 방학 때의…!

잠깐만 기다려요, 신이여! 이상한 바보가 한 마리 섞여서….

아아아아아아!! 모처럼의 야한 토끼가! 모처럼의 야한 토끼아아아아아!

왜 사잔카만이 아니라 바보가 섞인 거야! 게다가 떡하니 한가운데에!

기쁘지만, 전혀 기쁘지가 않아!

"우훗! 우후훗! 천사가 그리웠나 보군요? 그 마음은 자~알 알고 있죠! …그렇게 비참하고 가련한 당신의 부탁에 특별히 응해

드릴게요! 자! 모든 힘을 담아서 저를 귀여워할 수 있는 건 지금밖에 없습니다! 자! 어서!"

"…탄포포."

"앗! 공물은 물론 햄버그와 진심 가득한 참치치킨마요네즈로… 어라? 왜 키사라기 선배의 얼굴이 반야 같은 형상으로…."

"네가 아니란 말이야아아아아!!"

"효오오오옷! 대체 무슨 이야기인가요오오오!!"

그 뒤 10초 정도 어째선지 기억을 잃었지만, 정신을 차리고 보니 눈앞에는 엉엉 울고 있는 탄포포가 있었다.

"흑! 흑! 저는 아무것도 안 했어요! 아무것도 안 했는데, 꾸지람을 들었습니다! 역정을 샀습니다! 너무해요! 너무해요~! 뷰에에에엥!"

내가 잘못한 건 알겠지만, 울음소리가 '뷰에에에엥'인 게 너무 이상하다.

또 우는 얼굴이 너무 못나 보인다.

"미안해, 탄포포. 울컥하는 바람에…."

"흑! 그럼… 저는 진짜 귀여운가요?"

"귀여워. 정말로 귀여워. 일본… 아니, 세계를 수중에 넣을 날이 머지않아."

"훌쩍…. 그럼 용서해 줄게요! 귀여운 저는 관대한 마음을 가지고 있으니까요!"

좋았어, 의외로 쉽게 기분이 나아졌군. 여전히 가벼운 녀석이야.

…아, 그렇지. 나는 탄포포를 찾고 있었다.

그런데 왜 분노해서 고함을 질렀지? 원래는 기뻐해야 할 텐데.

…안 돼, 기억이 흐릿해서 떠오르지가 않아.

그럼 얼른 본론에 들어… 아니, 이 녀석이 범인이라면 도망칠 테니까 차근차근 물어볼까.

"음, 여기에 있는 걸 보니 탄포포는 너희 반 일을 거들고 있었어? 야구부에서 썬이나 그쪽 애들하고 있을 줄 알았는데?"

"네! 오늘은 야구부 일을 돕는 날이죠! 야구부는 요란제에서 솜사탕 가게를 하지만, 그걸 위해 기재를 빌려야 하니까 그 신청서를 학생회에 제출하기 위해 여기로 돌아왔습니다!"

"학생회에 제출? 그럼 왜 1학년 층에…."

"우후후훗! 귀엽고 기막힌 능력을 가진 저는 너무나도 실력 있어서, 아나에 선배에게서 '너무나도 든든한 탄포포에게는 신청서를 학생회에 제출하는 절대 중요 미션을 맡기고 싶어! 가능하다면 건물 전체를 경유해 처~~언천히 사랑을 뿌리면서 부탁해! 진짜로 부탁합니다!'라며 절박한 표정으로 부탁을 받았습니다! 우훗!"

과연, 하도 도움이 안 되니까 아나에가 애원하여 쫓아 버렸군.

그렇다면 지금까지 이 녀석은 야구부에 있었다는 소리인가. 그렇다면….

"썬한테 무슨 이야기 못 들었어?"

"이야기? 아뇨, 딱히 못 들었는데요? …그보다 오늘은 오오가 선배랑 아직 한마디도 하지 않았습니다! 오오가 선배는 밤에 다른 학교 학생과 만난다는 소문이 있고, 또 그 만난다는 다른 학교 학생이 시바 선배의 여동생이 아니냐는 의혹이 있어서, 분노에 찬 시바 선배가 닦달하고 있고요!"

그래서 썬에게서 아무런 연락도 없었나….

힘내라, 친구야. 그쪽으로는 내가 아무것도 해 줄 수 없다.

그럼 서서히 본론에 접근하는 느낌으로….

"저기, 탄포포. 지난주 금요일에 몇 시까지 남아 있었어?"

"금요일 말인가요? 그날이라면 20시까지 남아서 솜사탕 가게 준비를 했습니다! 제가 만든 기막힌 간판을 기대해 주세요!"

"그래. 참고로 그때 교정에서 일루미네이션을 못 봤어?"

"네! 그건 19시 30분 정도로군요! 일루미네이션이 그대로 나와 있고 아무도 정리하지 않기에, 천사인 제가 자루에 정리해 넣어서…."

"마지막으로 남길 말은 없냐?"

"남길 말? 아뇨, 딱히 없는데요? 너무나도 프리튀~한 저는 앞으로도 기막힌 인생을 걸을 테고, 마지막 같은 건… 효오오옷! 왜인지 손이 묶였습니다!"

에잇, 버둥버둥 날뛰지 마! 역시 네가 범인이군!

"갑자기 무슨 짓인가요! 설마 제가 너무 사랑스러운 나머지 감금을! 안 됩니다! 안 돼요, 키사라기 선배! 그건 꼭 참아 주세요! 자, 여기요! 특별히 티켓을 드릴 테니까요! 솜사탕 가게에서 쓸 수 있는, 특별한 할인 티켓을 드릴 테니까요!"

"그딴 건 받아도 안 써! 나는 그저 네가 일루미네이션을 없앤 범인일 가능성이 짙으니까 붙잡았을 뿐이다!"

이 멍청이라면 내 상상보다 훨씬 엉뚱한 짓을 해서 일루미네이션을 분실했어도 전혀 이상할 게 없다!

"효옷?! 전 그런 짓 안 했어요! 그저 자루에 정리했을 뿐입니다!"

"그럼 그 뒤에 어떻게 되었는지 말해 봐!"

"자재실에 가져다 둘까 했습니다만, 그 전에 시바 선배가 저를 불렀어요! 그리고 야구부 일이 끝난 뒤에 교정으로 돌아왔더니, 이미 없어진 상태였습니다! 정말이에요! 믿어 주세요!"

"뭐라고? 그럼 네가 없는 사이에 일루미네이션이 사라졌다는 소리야?"

"그렇습니다! 아마도 저의 팬이, 귀여운 제가 열심히 정리하는 모습을 보고 두근거린 나머지 무심코 뒷정리를 거들고 싶어진 거겠죠! 그 이외에는 있을 리 없습니다!"

오히려 그것만큼은 있을 리 없다고 소리 높여 주장하고 싶다.

"저, 정말이니까요! 여기, 이 눈을 보세요! 동글동글하고 귀엽죠?"

으음⋯. 동글동글하고 귀여운지는 모르겠지만, 이 바보는 거짓말을 하는 일은 종종 있지만 야구부 활동은 성실하게 한다. 다시 말해 진실을 말할 가능성이 크다.

하지만 완전히 결백하다고 판단할 수 없는 이상, 그냥 놔주는 것도 이르다 싶다.

"부탁이에요~⋯. 요란제에서는 솜사탕처럼 달콤한 제가 만든 솜사탕을 솜털바라기 중에서 제일 먼저 드릴 테니까요~"

솜솜 소리가 많다, 시끄러.

아니, 비슷한 대화를 여름 방학 때도 했지. 나가시소면 때였나⋯ 응?

"⋯자."

"와아~! 해방되었습니다! 우후훗! 역시 저만큼 귀여우면 키사라기 선배를 가지고 노는 것도 식은 죽 먹기로군요!"

붙잡으려고 마음만 먹으면 언제든지 잡을 수 있는 멍청이니까 놔주었다고는 말하지 말자.

"그럼 저는 학생회에 신청서를 내러 갈 테니 이만 실례하겠습니다! 키사라기 선배도 제 종복답게 땀 흘려 힘내 주세요. 우후후훙~!"

이렇게 바보는 떠나갔지만, …안 좋은데. …아주 안 좋아.

지금 탄포포와의 대화에서 떠오른 기억. 부글부글 솟구치는 안 좋은 예감.

그리고 내 머릿속에 떠오른, 일루미네이션을 없애 버린 범인.

가능하면 아니었으면 좋겠지만, 내 안 좋은 예감이란 놈은 적중률이 100퍼센트.

현재까지 놓고 본다면 빗나간 적이 없다.

아예 이대로 아무것도 모르는 척을… 할 수는 없겠지….

"일단 히마와리와 아스나로에게 연락할까…."

※

"죠로, 왜 이런 데로 불러낸 거야?"

"아직 저와 히마와리는 야구부에서 탐문 중이었습니다만…."

내가 히마와리와 아스나로를 불러낸 곳은 학교 건물 뒤의 쓰레기장.

그곳에는 요라제 준비 때문인지, 평소보다 많은 쓰레기가 쌓여 있었다.

"아, 그거 말인데…. 일단 이걸 좀 봐 줘…."

"아!"

"아니! 이, 이건…!"

먼저 쓰레기장에 왔던 내가 거기 쌓인 쓰레기들을 뒤져서 찾아낸 그것은 바로 지금 니시키즈타 고등학교 학생들이 눈에 불을 켜고 찾고 있는….

"등화식에 쓸 일루미네이션이야. …여기에 있었어."

"하, 하지만, 이 상태는…!"

"그래. 아스나로의 말이 맞아. 이건 이제 못 써…."

발견된 일루미네이션은 정말 비참한 상태였다.

처음 버렸을 때에는 아직 무사했겠지만, 차례로 쓰레기가 쌓이면서 짓눌린 거겠지. 배선은 찢어지고, 대부분의 LED가 파손된 최악의 상태다.

"어떻게 여기에 있는 걸 알았습니까?"

"탄포포야."

"탄포포?"

"그 뒤에 복도에서 탄포포와 만나서 녀석에게 이야기를 들었어. 금요일 마지막 하교 시각이 다 되어 갈 때, 교정에 있던 일루미네이션을 아무도 정리하지 않았기에 자루에 넣었대. 다만 옮기기 전에 시바가 부르는 바람에 그대로 놔둔 채로 탄포포는 그 자리를 떠났어."

"그렇다면 그 뒤에 온 누군가가 일루미네이션을 버린 겁니까?"

"그래. …아마도의 이야기지만, 자루에 들어 있으니까 쓰레기로 착각했겠지."

내가 이 대답에 도달한 이유는 올해 여름 방학에 있었던 작은 사건의 경험 때문이다.

다들 모여서 나가시소면을 하던 때, 어느 소녀가 나중에 먹으려고 남겨 두었던, 편의점 봉지에 담긴 크림빵이 모습을 감추었다.

그 크림빵이 든 비닐봉지를 내가 쓰레기로 착각하고 버렸던 것이다.

말하자면 이번 사건은 그때와 완전히 똑같다.

자루에 든 일루미네이션을 쓰레기로 착각하고 버린 인간이 있다.

그리고 그 인간이 이번 사건의 범인이란 소리다.

이것이 내 예상. 그리고 안 좋은 예감이 든다.

"아, 아아아…."

학교 뒤 쓰레기장에 울리는 목소리. 어째야 좋을지 몰라서 우왕좌왕하는 시선.

"…그래…. 그런 거구나…."

모든 것을 체념한 목소리가 내 예상이 적중했음을 말했다.

정말이지 내 안 좋은 예상이란 놈은 잘도 맞아.

그래…. 그렇게 말했지.

'으응, 19시 정도에 교정에서 봤어! 그다음에 테니스부의 대도구 제작이 끝난 뒤에 이것저것 정리했을 때는 없었어!'

라고. 즉, 이것저것 정리했을 때에 실수로 버린 거겠지?

"죠로, 어쩌지…."

눈물을 글썽이며 나를 보며 도움을 청하는 목소리를 냈다.

둔한 고통이 내 가슴에 푹 꽂혔다.

"일루미네이션 망가뜨린 거… 나야…."

알고 있어, 히마와리.

…음, 만일을 위해 이번 이야기의 결말을 조금 미리 말하도록 하지.

아쉽게도 이번 사건에서 모두가 행복해지는 해피 엔딩은 오지 않아.

앞으로 나는 선택해야만 한다. 누구를 구하고, 누구를 버릴 것인지를.

그리고 그 선택의 결과… 나는 소중한 인연을 하나 잃게 되는데….

이때의 나는 그렇게 될 줄도 모른 채, 어떻게 해야 히마와리를 구할 수 있을지를 생각하는 게 고작이었다.

나는 진실을 좇아 절망한다

그 후, 망가진 일루미네이션을 발견한 우리는 바로 학생회로 보고하러 갔다.

나와 아스나로는 일단 우리끼리 이 상황을 어떻게 할 수 없을지 이야기한 뒤에 전하는 편이 좋지 않겠냐고 제안했지만, 히마와리가 강하게 거절했다.

'내가 일루미네이션을 망가뜨린 걸 말 안 하면 코스모스 선배가 곤란해져! 그러니까, 그러니까… 난 말할 거야!'

강한 의지가 담긴 목소리에 눌린 나와 아스나로는 떨떠름하게 히마와리의 제안을 승낙.

그 뒤에 학생회에 보고하러 가자, 거기에는 이미 많은 학생들이 모여 있었다.

딱히 히마와리의 도착을 기다렸던 건 아니다. 많은 학생들이 학생회장인 코스모스에게 요란제의 개최 여부를 확인하려고 찾아온 것이었다.

그런 상황에서 순간 히마와리는 주저하듯이 몸을 떨었지만, 그것도 잠깐.

히마와리는 꾹 이를 악물고, 학생들을 가르듯이 힘찬 발걸음으로 나아가서 코스모스에게 진실을 전했다.

'내가 일루미네이션을 쓰레기로 착각해서 버리고 망가뜨렸다'…라고.

아연해진 코스모스와 기타 학생들.

그리고 마지막으로… 히마와리는 나와 아스나로를 보고 눈물을 흘리면서 '안녕'이라고 말했다.

자기가 곁에 있으면, 나나 도서실 멤버에게 폐가 갈 테니까 거리를 둔다.

그런 마음이 강하게 담긴, 슬픈 '안녕'이었다….

다음 날 아침.

등에 묘한 적적함을 느끼면서 혼자 등교해, 신발장에서 실내화를 꺼내고 있자… 내가 두려워하던 사태가 발생했다.

"저기, 들었어? 일루미네이션은 찾았는데, 망가져서 도저히 쓸 수가 없는 상태였다나 봐. 그래서 올해 요란제는 중지할지도 모른다고…."

"들었어…. 2학년 히나타 선배가 쓰레기인 줄 알고 버려서 망가뜨렸다지?"

"보통은 안에 뭐가 있는지 확인하잖아…. 어떻게 책임질 거지?"

"사기가 변상하겠다고 했다나 봐. 고등학생이 낼 만한 금액이 아닐 텐데."

"그런 소리 하는 거 보면, 주위에서 도와줄 거라고 생각하는 거 아냐?"

들려오는 대화는 1학년인 듯한 학생들이 내 소꿉친구 히마와리에게 던지는 신랄한 말.

그 정도로 소란이 났으니 당연하게도 이미 모든 학생이 히마와리가 일루미네이션을 망가뜨린 범인이라는 걸 알고 있었다.

테니스부의 에이스고, 교내의 인기인인 히마와리가… 단 하나의 사건, 단 하나의 실수로 그 신뢰를 모두 잃어버렸다….

"저, 저기… 여러분…. 그렇게 히나타 선배를 나쁘게 말하지 말아 주셨으면 합니다. 누구든 실수는 할 수 있는 법이고, 중요한 것은 거기서부터 어떻게 신뢰를 되찾는가라서…."

어라? 지금 목소리는…

"뭐야, 나데시코? 히나타 선배를 감싸는 거야?"

"네? 저기, 그게…."

역시 그런가.

내가 조금 껄끄러워하는 아가씨 말투의 1학년… 소프트볼부의 아카이 나데시코였다.

녀석, 어제는 히마와리랑 얽히는 걸 싫어했는데, 오늘은 감싸 주나.

대체 무슨 심경의 변화가 있었는지 모르겠지만… 기쁘네.

그럼 나도….

"너 혹시 히나타 선배에게 매수라도 당했어?"

"아, 아뇨! 그렇지 않습니다!"

"그래, 그래, 그렇지. 히나타 선배는 2학년 남자들한테 인기가 있고, 다른 남자를 경유해서 네가 동경하는 시바 선배를 소개해 줄다고 하면 편들고 싶어지기도….”

“여어, 나데시코, 어제 보고 또 보네.”

“…아! 키사라기 선배! 조, 좋은 아침이네요!”

“윽! 이 사람은 분명히 야구부의 오오가 선배 친구인… 아, 아무튼, 나데시코! 네가 무슨 말을 하든 내 의견은 변하지 않으니까!”

휴우…. 이게 호랑이의 위세를 빌린 여우의 기분인가. 친구의 힘이란 정말 위대하군.

무사히 나데시코에게 뭐라고 하는 1학년 여학생을 쫓아낼 수 있었다.

“저기… 감사합니다. 도와주셔서.”

“아니, 나야말로 고마워. 히마와리를 감싸 줘서….”

“아뇨…. 저는 그저 제 생각을 전했을 뿐이랍니다.”

턱에 손을 대고 우아하게 미소 짓는 모습은 나이에 어울리지 않는 색기가 느껴진다…지만, 왜지?

역시 나는 나데시코와 이야기하고 있으면 묘한 한기를 느낀다.

“저기, 키사라기 선배…. 요란제 쪽은 어떻게 될지 아십니까?”

“미안하지만 나도 몰라…. 등화식만 할 수 있다면 문제는 해결될 텐데.”

"그렇습니까…."

반대로 말하자면 등화식을 할 수 없으니까 문제가 해결되지 않는 거지….

등화식에서 쓸 일루미네이션은 망가졌다.

아무리 기적을 빌어도 그건 흔들림 없는 사실이다.

"으, 으음, 그렇게 걱정할 것 없어! 오늘 코스모스 회장을 만나서 어떻게 할지 물어볼 테니까! 모른다는 건 아직 중지되지 않을지도 모른다는 소리지!"

이건 나데시코에게 하는 말일까, 스스로에게 하는 말일까.

"…네, 감사합니다."

어깨를 축 늘어뜨리고 떠나가는 나데시코.

그 뒷모습에 묘한 죄악감을 품은 채 나도 교실로 향했다.

※

점심시간.

어제와 마찬가지로 도서실에 모인 멤버…지만, 그 숫자는 적었다.

여기 온 사람은 나, 팬지, 아스나로, 츠바키, 히이라기까지 다섯 명뿐.

다른 멤버는 아무도 없었다.

히마와리는 자기가 도서실에 오면 우리에게 폐가 갈까 봐.

코스모스는 오늘도 학생회에 모여 요란제 대책을 짜느라.

사잔카는 카리스마 그룹 애들과 함께 다른 반에 떠도는 히마와리의 악평을 어떻게든 진정시키려고 뛰어다니고, 썬은 야구부에서 호출이 있어서.

"다들 없으니 쓸쓸해~…. 히마와리, 걱정이야~…."

히이라기가 쓸쓸한지 기운 없는 모습으로 닭꼬치를 먹었다.

이 녀석은 낯을 가리고 외로움을 타는 만큼, 친구를 소중히 생각하니까.

"나도 히이라기와 같은 의견일까…. 이대로 가다간 히마와리가 위험하달까."

츠바키의 말처럼 히마와리의 현황은 최악 일보 직전이다.

본인에게 명확한 피해는 없지만, 아무튼 학교 안에 안 좋은 이야기가 만연했다.

게다가 서서히 그 소문이 부풀려지며 악화되는 형태로.

이번 사건에서 문제는 히마와리를 감싸다간 '변명'이라고 여겨진다는 것.

히마와리를 안 좋게 말하는 녀석들에게는 이미 히마와리가 '악'이라는 사실이 확정 사항이라서, 무슨 말을 해도 그게 흔들리지 않는다.

이럴 때에 학교에서 학생들에게 영향력이 있는 코스모스에게 의논할 수 있으면 좋겠지만… 아쉽게도 그건 불가능. 코스모스는 코스모스대로 묘한 악평이 떠도는 데다가 요란제 문제로 바쁘기 때문에 도저히 힘을 빌려줄 여유가 없다.

…유일한 위안은 나나 히마와리와 같은 반인 아이들.

녀석들만큼은 지금까지 같은 반에서 지낸 관계가 있으니까, 히마와리에게 심한 소리를 하지 않고 오히려 걱정해 준다.

다만 문제의 히마와리가 누구와도 가까이 지내려 하지 않고 그냥 혼자 조용히 있어서 종기 만지듯이 조심스러워하는 점도 있지만.

물론 그런 상황에서 우리가 손 놓고 있었던 건 아니지만….

"히마와리, 저랑 전혀 이야기하지 않습니다. 어제까지 그렇게 친했는데…."

아스나로가 눈물을 글썽이며 말을 흐렸다.

그렇다. 같은 반인 나, 썬, 츠바키, 아스나로, 사잔카, 카리스마 그룹 애들은 어떻게든 히마와리에게 기운을 북돋워 주려고 말을 걸었지만, 모두 실패.

말을 걸려고 하면 히마와리는 도망친다.

결과적으로 현재까지 히마와리와 대화한 녀석은 한 명도 없다.

이대로 가다간 요란제가 끝난 뒤에도 녀석이 도서실로 돌아오는 일은 없겠지.

더불어서 또 하나의 문제는….

"저기, 팬지! 어떻게든 이 상황을 잘 수습하고 함께 즐겁게 요란제를 개최할 방법 좀 떠오른 거 없어?"

"그런 만병통치약이 있을 리 없잖아."

팬지의 이 태도다.

이번 사건에서 이상하게 소극적인 의견밖에 말하지 않는 모습은 오늘도 절찬리 계속 중.

코스모스나 히마와리… 이 녀석에게 고등학생이 된 후 처음으로 생긴 소중한 친구가 큰일을 당했는데도 불구하고, 전혀 돕고 싶지 않다는 것처럼 보인다.

"어제도 말했지만, 이번 사건은 아주 어려워. 반드시 누군가가 희생되어야만 해. 그런 문제야."

"…그럼 그 희생되는 사람이 히마와리라고 말하는 겁니까?"

아스나로가 조용히, 하지만 힘 있는 목소리로 말했다.

"이대로 가다간 그렇게 되겠지."

"그런 건 인정할 수 없지 않습니까! 히마와리는… 히마와리는 서에게 이주 소중한 친구… 아뇨, 절친입니다!"

…그래. 도서실 멤버 중에서도 히마와리와 아스나로는 특히나 사이가 좋다.

도서실만이 아니라 교실에서도 거의 붙어 있다시피 한다.

나도 가능하다면 히마와리를 돕고 싶다.

지난주까지의, 다 같이 요란제를 기대했던 도서실로 돌아가고 싶다.

하지만 그 방법은 아직 발견되지 않아서, 그저 이 사태에 희롱당할 뿐이다.

※

일루미네이션은 망가졌지만, 요란제를 개최할지 중지할지 미정이라서 준비 기간은 계속되었다.

하지만 우리 반의 분위기는 최악이었다.

"저, 저기…. 어쩌지? 누가 말을 거는 편이 좋지 않아?"

"하지만 본인이 그러지 말라는 분위기고….."

"오늘 다른 반 녀석들이 뭐라고 했어. 우리 반은 뭐 하는 거냐고."

"……."

반 아이들의 말이 조용히 울리는 교실 구석에서, 그 작은 몸으로 홀로 묵묵히 작업하는 히마와리. 저렇게 조용한 히마와리를 보는 건 소꿉친구인 나조차도 처음이다.

그 모습을 보고 내 가슴속에서 솟구치는 감정은 '후회'.

왜 히마와리가 테니스부 작업을 거들어 달라고 부탁했을 때 거절했을까.

왜 츠바키에게 아르바이트 시간을 늦춰 달라고 하지 않고, 제대로 쉬지 않았을까.

내가 히마와리와 함께 있었으면 일루미네이션이 망가지는 일도 없고, 지금도 다 함께 즐겁게 요란제 준비를 했을 텐데… 제길!

"……영차."

아무래도 작업이 일단락 났는지, 히마와리는 검은 도화지를 붙인 박스들을 들고 일어섰다. 아마도 한데 모아 정리된 곳으로 옮기려는 거겠지.

혹시 지금이라면….

"히마와리, 절반 들어 줄게."

"……! 괘, 괜찮아…."

좋아, 일단 성공이군. 순간적으로 도망치려고 했지만, 아무래도 박스를 든 상태로는 어렵다고 판단했는지 대화에 응해 주었다.

"저기, 히마와리. 같은 대도구 담당이니까 같이 작업하자."

"안 돼, 죠로한테 폐가 가니까…."

역시나 거기까지는 너무 배부른 소리였나.

뭐, 그런다고 포기할 내가 아니지만.

"폐 같은 건 신경 안 써. 본래 일루미네이션 문제도 너 혼자 잘못한 게 아니잖아? 애초에 탄포…."

"아, 아냐! 내 잘못이야!"

"어, 어…?"

뭐지? 히마와리 녀석, 갑자기 엄청 큰 소리를 내고….

그 화제를 건드리지 않았으면 하는 마음은 알지만, 아무리 그래도….

"내, 내가 혼자서 했어! 전부 내가 했어!"

"…아니! 어이, 히마와리… 너…."

어떻게 된 거지? 지금 히마와리의 시선이 오른쪽으로 1초, 왼쪽으로 2초 움직였다.

"그러니까 죠로는 신경 쓰면 안 돼! 나랑 같이 있어도 안 돼!"

"어이, 히마와리…."

"뭐, 뭐야?"

알고 있다…. 소꿉친구인 나니까 안다…. 지금 움직임은….

"너, 뭘 숨기고 있지?"

히마와리가 거짓말을 할 때의 버릇이다.

"……! 아, 아무것도 안 숨겼어!"

시선이 다시 오른쪽으로 1초, 왼쪽으로 2초.

역시 그렇다…. 히마와리는 뭔가 숨기고 있다.

"나, 난, 이제 갈 거니까! 이쪽 끝났으니까, 다음은 테니스부!"

"아, 잠깐 기다려! 히마와… 제길!"

하지만 내가 얻은 정보는 거기까지.

히마와리는 재빨리 박스를 놓고 부리나케 뛰어가 버렸다.

…어떻게 된 거지?

히마와리가 일루미네이션을 쓰레기로 착각해서 버린 결과, 거기에 다른 쓰레기가 쌓여서 망가졌다. 이건 틀림없는 사실일 터.

하지만 히마와리의 '전부 내가 혼자서 했다'라는 말에는 거짓이 섞인 게 명확해졌다.

즉, 그 말은….

"죠로, 잠깐 괜찮습니까?"

"우왓! 왜 그래, 아스나로?"

깜짝 놀랐네! 갑자기 뒤에서 말 걸지 말아 줘.

"실은 조금 신경 쓰이는 정보가 들어왔습니다."

"신경 쓰이는 정보?"

"네! 어제 우리가 일루미네이션에 대해 조사할 때, 다른 도서실 멤버들에 대한 묘한 소문을 듣지 않았습니까?"

메모장을 꺼내 내게 문제의 페이지를 보여 주는 아스나로.

그러고 보니 그런 게 있었지. 분명히 코스모스와 썬과 사잔카에 대한 묘한 소문이.

"그 소문 말인데요, 아무래도 하나같이 일루미네이션이 없어지기 직전… 금요일부터 떠돌기 시작한 모양입니다."

"뭐?"

"…묘하다는 생각 안 듭니까?"

"으음, 어떤 점이?"

"그러니까! 어쩌면 그 소문과 일루미네이션 사건은 뭔가 연관이 있을지도 모른다는 말입니다!"

그 소문이?! 하나같이 뜬금없고 허무맹랑한 소문이잖아?

그렇게 반짝거리는 눈동자로 말해도, 솔직히 긍정하기 어렵다.

"아니, 아무리 그래도 그건 너무 넘겨짚은 거 아냐? 애초에 그 소문 중에 히마와리와 관련된 건 없었고, 하나같이 일루미네이션과 관계있는 것으로 보이지 않는⋯."

"하지만 전부 도서실 멤버들의 평판을 떨어뜨리는 소문입니다. 그리고 마지막에 히마와리가 일루미네이션을 망가뜨린 범인이 되었다. ⋯역시 묘하다고 생각되지 않습니까?"

뭐, 도서실 멤버만 소문의 표적이 된 건 묘하지만⋯ 역시 일루미네이션과 관련짓는 것은 너무 억지스럽다.

아니, 아스나로가 하고 싶은 말은⋯.

"혹시 **달리 진범이 있을지도 모른다**고 말하고 싶은 거야?"

"역시나 쇼로입니다! 저는 그 진범이 도서실 멤버의 평판을 떨어뜨리려고 소문을 퍼뜨리고, 일루미네이션을 망가뜨리게 해서 히마와리를 덫에 **빠뜨린** 게 아닐까 의심하고 있습니다!"

완전히 헛짚은 발언일 가능성은 크다.

아마도 아스나로 본인도 그걸 알고서 하는 말이겠지.

그래도 이렇게 내게 말하는 것은 분명,

"아스나로는 히마와리가 일루미네이션을 망가뜨렸다고 생각하지 않는 거야?"

어떻게든 히마와리를 돕고 싶기 때문일 것이다.

"제 친구가 그냥 부주의로 일루미네이션을 버렸을 리가 없으니까요!"

대단하군…. 학교 내 거의 대부분의 사람들이 히마와리를 범인이라고 단정하고, 본인조차도 인정했는데 당당히 그렇게 말할 수 있다니….

하지만 지금 상황은 그때의 일이 떠오르는군….

내가 초등학생 때 일어났던 씰 도난 사건.

그 사건에서 나는 도울 방법을 알면서도 그 아이를 돕지 않았다.

하지만 히마와리는 도울 방법을 모르면서도 그 아이를 도왔다.

많은 여학생들에게 비난을 받고 그 아이 자신의 마음이 꺾여 '내가 했나'고 인정했음에도 불구하고, 끝까지 '절대로 안 했어!'라고 믿고서.

그때의 히마와리의 모습은 지금도 잘 기억하고, 그렇게 되고 싶다고도 생각했다.

그러니까 이번에는,

"그래. 아스나로의 말이 맞아."

내가 히마와리를 도울 차례다.

게다가 나는 이미 알고 있다. 히마와리가 뭔가를 숨기려고 거짓말을 한 것을.

그렇다면 그걸 폭로해 주도록 하지!

"그렇죠! 그러니까…."

"짚이는 데가 없으면 억지로 만들어서 조사해 볼까!"

"네! 같이 히마와리를 구하도록 하죠!"

그때의 아스나로의 미소는 소박하지만 귀여워서, 이런 상황임에도 불구하고 나는 가슴의 고동이 높아지는 것을 느꼈다.

오늘도 요란제 실행위원인 아루후와와 베에타에게 사정을 설명하고 조사 허가를 GET.

둘 다 히마와리를 구할 수 있다면 문제없다고 흔패히 승낙해 수었다.

아직 반 아이들과 히마와리의 인연은 끊어지지 않았다.

부디 그게 끊어지기 전에 진실을 밝혀야지.

"그럼 일단 도서실 멤버들의 묘한 소문에 관해 정리하죠! 현재 확인된 사실은 세 가지! 하나가 코스모스 회장, 다음이 썬, 그리고 마지막이 사잔카의 소문입니다!"

내 옆에서 포니테일을 흔들며 복도를 걷는 아스나로가 어딘가 활기 있는 목소리로 말했다.

참고로 그 소문을 자세히 말하자면….

'아키노 사쿠라는 금전을 이용해 교사를 매수하고 학생회장 자리와 추천 입학의 권리를 손에 넣었다.'

'오오가 타이요는 밤이 되면 다른 학교 학생과 만나서 수상쩍은 밀담을 나눈다.'

'마야마 아사카는 열심히 부탁하면 야한 토끼 코스튬을 입고 토끼토끼해 준다.'

라는 것이다.

내용 면에서 제일 위험한 사람은 코스모스, 제일 말도 안 되는 사람은 사잔카, 제일 신뢰성이 높은 사람이 썬이로군. 그 인간, 최근 히지카타 토시조※마냥 인기가 있고.

하지만 이거고 저거고 진짜로 일루미네이션과 전혀 관계가 없을 것 같은데….

"진범 운운은 그렇다 치고, 보통 이런 소문은 안 퍼지잖아…."

"그러니까 수상한 겁니다! 따라서 착실히 하나씩 소문의 진상을 확인한 뒤에 판단하죠! 취재에서 제일 중요한 것은 끈기입니다, 끈기!"

"알았어…. 그럼 일단은…"

※히지카타 토시조 : 에도 시대 말기 조직된 무사 조직 신센구미의 부상. 흰 피부에 키도 커서 여자들에게 인기가 있었다고 한다.

세 가지 소문 중에서 제일 심한….

"코스모스 회장의 소문을 확인해 볼까."

※

그런고로 2학년 층에서 학생회실로.

어제는 일루미네이션 문제로 많은 학생들이 있었지만, 오늘 모습을 보자면 현재 아무도 찾아온 이가 없는 상황이다.

그렇긴 해도 어디까지나 밖에서 본 모습일 뿐이지, 안은 어떨지 모르지만.

지난주에 왔을 때에는 노크한 뒤의 코스모스의 목소리를 듣는 것은 이게 마지막…이라고 생각했지만, 설마 이런 식으로 또다시 기회가 찾아오다니….

그런 복잡한 마음을 품으면서 내가 문을 두 번 노크하자,

"들어오…세요."

어라? 왠지 학생회실 안에서 들려온 목소리는 평소의 부드러운 목소리가 아니라, 꽤나 어둡고 도중에 뜸을 들이는 느낌인데? 이건….

"시, 실례하겠습니다."

"죠로…인가. 그리고 신문…부의…. 무슨 일…이지?"

역시 그런가. 학생회실에 있던 사람은 학생회 임원인 와사비

선배뿐.

　코스모스의 모습은 어디에서도 보이지 않았다.

　"저기, 와사비 선배. 코스모스 회장은?"

　"아키노는, 다른 임원과 직원회의에 출석하⋯였다. 요란제에 대해 교사와 이야기하기 위해서⋯ 말이지."

　"어! 설마 요란제가 중지되는 겁니까?"

　"아직 모른⋯다. 그걸 정하기 위한 회의⋯다."

　아무래도 상황은 내 생각 이상으로 위험한 모양이다.

　요란제가 중지되면 히마와리의 죄를 씻을 수는 있어도, 학생들의 분노가 수그러지지 않을지도 몰라⋯.

　"코스모스 회장, 괜찮습니까? 혹시 내가 뭔가 도울 수 있는 게 있다면⋯."

　"아키노 본인이 그걸 바라지 않겠⋯지. 이번 일을 아키노는 학생회장으로서 자기가 해결하고 싶다고 생각하니⋯까. 하지만 이번 일은 아키노이기에 고전할지도 모른⋯다."

　"코스모스 회장이니까, 라는 게 무슨 말입니까?"

　"아키노는 룰을 중시한⋯다. 고로 아키노는 룰에 따라서 어떻게든 일루미네이션을 수리, 혹은 다시 살 생각을 하지만, 그런 비용은 어디에도 없⋯다. 즉, 지금 이대로면 교사도 납득시킬 수 없고, 요란제를 개최할 수도 없⋯다."

　즉, 비용만 있으면 일루미네이션을 다시 준비할 수 있다는 소리인가.

"그래서, 무슨 일이…지?"

으음…. 솔직히 말해서 코스모스에게 소문에 대해 물어보려고 왔을 뿐이니까.

다만 그걸 솔직히 말하는 건….

"죄송합니다. 코스모스 회장에게 물어볼 말이 있어서 왔을 뿐이니 괜찮습니다!"

"아스나로! 그건….."

"네? 왜 그러나요? 저는 딱히 안 좋은 소리를….."

"무어어어어라고오오…오?!"

안 좋은 소리를 했단 말이야. 이 인간, 코스모스와 관련된 일이라면 금방 물고 늘어지니까.

험악한 얼굴로 이쪽으로 오잖아….

"그럼 나에게 물어보면 되겠…지! 아키노가 하는데 내가 못 아는 일은 하나도 없…다!!"

나왔습니다. 와사비 선배 전매특허의 말.

"그랬습니다…. 와사비 선배는 이런 분이었죠. 죄송합니다….."

"괜찮아, 사고라고 생각해."

아스나로가 진절머리 난다는 기색으로 말을 흘렸다.

그러고 보면 아스나로와 와사비 선배는 아는 사이였지.

"자, 물어…라! 숨김없이, 있는 일 없는 일 답해 주…마!"

있는 일만 말해 주세요.

큰일인데…. 솔직히 이젠 돌아가고 싶지만 돌려보내 줄 것 같지가 않고….

"코스모스 회장의 소문에 대해 와사비 선배는 알고 있습니까?"

얌전히 물어볼까.

"뭐냐, 그런 건…가."

아무래도 와사비 선배가 희망하던 질문은 아니었던 모양이다.

하찮다는 표정을 하신다.

"물론 알고 있…다. 아키노가 돈으로 어떻게 한다는 소문 말이…지? 크크크, 평소의 행실이 그 사람을 말한…다. 나 따윈 한 번도 이 학교에서 화제가 된 적이 없는…데."

알고 있어? 당신은 뒤로는 '니시키즈타의 루이어쩌고 씨*'라고 불리고 있거든?

길쭉한 녹색 채소의 별명과 항상 학년 2위만 하는 성적 때문에, 길쭉한 녹색의 영원한 2위인 배관공이 되었거든?

저작권 문제로 '어쩌고 씨'가 되었지만.

"실은, 그 소문에 대해서 묻고 싶습니다. 어떤 경위로 나도는 건지 짚이는 점이라든가…."

※〈슈퍼마리오〉게임에 등장하는 캐릭터 루이지. 2P 캐릭터이기에 '영원한 2등'이라는 이미지를 갖고 있다.

"짚이는 데…라. 그거라면, 있…다."

"정말입니까?!"

의외로 믿을 만한데, 루이어쩌고 씨!

"으…음. 아키노는 그렇게 보여도 하급생 여자 중에 적이 많은 여자…다. 그러니 아키노의 평판을 깎아내리기 위해 소문을 날조해서 퍼뜨렸다고 해도, 이상할 게 없겠…지."

어? 그래? 코스모스가 하급생에게 평판이 나쁘다니….

"아니, 그 사람은 화무전 멤버로도 뽑혔고, 남녀 불문하고 인기가 있다고…."

"아니…지. 녀석은 규율을 중시하고, 올바른 것을 올바르다고 판단하고 행동한…다. 고로 그 규율에서 조금이라도 어긋난 학생들과는 우호적이라고 할 수 없…다."

"그건 그 어긋난 학생들의 자업자득이니, 기분 탓…."

"죠로, 지금 이야기는 사실입니다. …이런 말은 하고 싶지 않습니다만, 이전에 교내에서 학생회에 대한 설문을 받았을 때, 코스모스 회장에게는 '사소한 점까지 잔소리가 많다'라는 의견도 다수 있었습니다. …주로 1, 2학년 여학생들에게서."

과연, 말하자면 너무 성실하기 때문인가.

"그러니까 소문의 출처는 아키노에게 명확한 악의, 혹은 적의를 품은 인물일 가능성이 크…다."

악의, 혹은 적의인가. …그거라면 떠오르는 인물이 한 명 있군.

다른 반이긴 하지만 최근에 얽힐 기회가 있었고, 코스모스에게 명확한 적의를 품었던 인물.

녀석은 얼마 전에 코스모스에게 예산 이상의 자재 추가를 신청했다가 거절당했다고 불평을 했었다. …좋게 말하자면 호쾌한 성격이지만… 나쁘게 말하자면 규율에서 어긋났다.

"죠로, 그러면 다음은…."

아스나로도 나와 같은 인물을 연상했는지, 내 소매를 꾹꾹 잡아당기며 이동을 재촉했다.

그래. 다음에 우리가 만나야 할 상대는 팬지와 같은 반이며, 소프트볼부에 소속된… 프리뮬러에게 이야기를 들으러 갈까.

"…와사비 선배, 많이 가르쳐 주셔서 감사합니다."

"신경 쓰지 마…라. 이 정도는 일도 아니…다. 나는 여기서 각 부의 자재표를 완벽하게 작성하고 있을 테니, 무슨 문제가 생기면 아키노가 아니라 나에게 연락해…라."

마지막에 와사비 선배와 조금 더 이야기한 뒤에 우리는 학생회실을 뒤로했다.

※

그 뒤에 나와 아스나로는 프리뮬러를 만나기 위해, 팬지나 히이라기가 소속된 반 교실을 찾아갔지만, 그 모습을 찾을 수는 없었다…. 하지만 프리뮬러와 같은 반인 아이에게서 '소프트볼부 쪽으로 갔다'라는 정보를 얻는 것에 성공했기에, 이번에는 교정으로 이동.

어제도 그렇고, 오늘도 그렇고, 정말로 여러 장소를 뛰어다니는 기분이 들지만, 됐어. 그보다도 프리뮬러가 급하다. 어디 보자, 녀석은 어디에… 없네….

"여기에도 없네요. 혹시 엇갈린 걸까요?"

"글쎄? 잠깐 어디에 간 것뿐일지도… 아."

오, 마침 잘됐군. 그러고 보니 저 애도 소프트볼부였지.

그럼 저 애한테 물어볼까.

"어이, 나데시코! 잠깐 괜찮을까?"

"어머, 키사라기 선배? 어쩐 일이신가요?"

학교 지정 체육복을 입었는데, 다른 녀석보다도 더 고급스럽다고 느껴지는 이유는 나데시코의 기품 있는 태도 때문이겠지.

그 언동을 보기만 해도… 어째서인지 온몸에 오한이 밀려들지만….

"실은 프리뮬러를 찾고 있거든. 소프트볼부 쪽에 있다고 들었는데… 나데시코는 녀석이 어디 갔는지 알아?"

"사오토메 선배라면 교무실 쪽으로 갔답니다. '요란제가 개최되는지 궁금하니까 직원회의를 엿듣고 올게'라고 하시며…."

녀석은 준비도 빼먹고 무슨 짓을… 아니, 나도 남보고 뭐라고 할 처지가 아니군.

"죠로, 어쩔까요? 우리도 교무실로 갈까요? 아니면 여기서 프리뮬러가 돌아오는 것을 기다릴까요?"

'여기서 프리뮬러를 기다린다', '프리뮬러를 찾으러 교무실로 간다' …아니, 무슨 미소녀 게임이냐!

이상하게 이동만 시키려고 하고, 제길!

…어흠. 아무튼 이번 선택지는 '여기서 프리뮬러를 기다린다'로 가자.

교무실에 가도 좋지만, 엇갈리면 귀찮고.

최대한 얼른 이야기하고 싶지만, '급할수록 돌아가라'라는 말을 존중하는 스타일로.

"그래. 그럼…."

"어라? 거기 있는 건 키사라기 선배 아닙니까? 혹시 저를 만나고 싶어서 견디다 못해 교정에서 기다리고 있었나요? 우흥~! 어쩔 수 없네요~! 우훗!"

좋아, 교무실로 가자. '급할수록 돌아가라' 같은 건 엿이나 먹으라고 해.

어제와 거의 같은 대사로 나타나다니. 왜 이리 신출귀몰한 거지, 이 녀석은….

"…아! 어제처럼 제가 갑자기 접근하는 바람에 부끄러워서 소리치는 건 안 됩니다! 키사라기 선배가 타고난 츤데레이고, 저를 진짜 좋아하는 건 잘 알고 있으니까요! 우후후훗!"

아깝군. '키사라기'를 다른 어떤 성으로 바꾸면 전면적으로 지지했을 텐데.

하지만 아쉽게도 지금은 너를 상대해 줄 시간이 없어.

"미안합니다, 탄포포. 우리는 지금 아주 바빠서….."

"이럴 수가! 바쁜가요! …그러면 하네타치 선배! 저도 돕겠습니다! 귀엽고 기막힌 능력을 가진 저는 너무나도 실력 있어서 시바 선배에게서 '탄포포는 너무 든든하니까, 어디 먼 곳에 가서 난처해진 사람을 돕고 와 줘! 진짜로 부탁합니다!'라며 귀기 어린 표정으로 부탁받았을 정도니까요! 우훗!"

과연, 너무 도움이 안 되니까 시바가 애원해서 쫓아 버렸군.

하지만 우리가 떠맡을 수도 없으니까, 최대한 쫓아 버리고 싶은데….

"그래서, 그래서 저는 뭘 하면 될까요? 얼른 일을 주세요! 열심히 할 테니까요! 우후후훗!"

이상하게 의욕이 넘치니 거절하기도 어렵다.

"또 시바 선배에게 폐를 끼치고…. 징글징글해…."

어라? 왠지 어딘가에서 엄청 가시 돋친 목소리가 들린 듯한… 기분 탓일까?

"…어머? 거기에 있는 사람은 나데시코 아닌가요!"

"…칫! 눈치챘잖아…로군요."

아니, 지금 혀를 찼지? 분명히 그랬지?

"…후훗. 안녕하세요. 탄포포."

아무래도 이 두 사람은 운동부이며 같은 1학년이라 서로를 아는 모양이다.

아니, 그렇다기보다도…

"오늘도 우아하고 귀엽네요, 나데시코!"

"고맙습니다. 탄포포도 나락의 거름 중에서는 가까스로 정점을 차지할 정도로 귀엽네요. 오호호호…."

나데시코, 분명히 탄포포를 싫어하는 거지?

"우후훗! 그렇죠, 그렇죠! 너무나도 귀여운 저는 어떤 장소에서든 정점을 차지하는 존재니까요! 나데시코도 참고로 하면 좋겠죠!"

바보 스킬이 정말 바보 레벨이다! 왜 이런 한가운데 직구인 야유를 모르는 거지?

"이 쓰레기바보얼간이천치가… 어흠, 실례했습니다. 제가 그만 천한 말을. 오호호호."

정말로 천한 말이었거든?

"죠로, 이 두 사람은…."

"…그래. 그런 거겠지."

아스나로가 두 사람에게 들리지 않도록 작은 목소리로 말을 걸어왔기에, 나도 작은 목소리로 대답.

아무튼 이유는 전혀 모르겠지만, 나데시코는 탄포포를 싫어한다. 그것도 꽤나.

…하지만 아쉽게도 상대는 바보의 신이다.

나데시코가 싫어하고 심한 욕설을 날린다는 걸 전혀 모른다.

"그럼 죄송합니다만, 탄포포는 이 자리를 떠나 주실 수 있을까요? 이 이상 당신이 시야에 있으면 제 안구가 썩을 테니까요."

"우후우웅~! 안구가 녹을 정도로 제가 귀여운 건 알겠지만, 그렇게 부끄러워하지 않아도 괜찮아요~! 우후훗!"

이거 대화가 성립한다고 생각해도 될까?

"여전히 머릿속이 꽃밭…이로군요. 아아, 꽉 비틀어 뭉개 버리고 싶으…네요."

어미를 좋게 꾸미려고 해도, 이미 캐릭터가 붕괴했으니까.

"저기, 탄포포. 나데시코가 조금 꺼리는 것 같으니, 당신은 이 사리늘 떠나도…."

"그런 일이 있을 리 없지 않나요~! 우후후훗!"

그런 일이 있을 리 있지 않나요~! 아하하하!

"나데시코가 저를 꺼릴 리가 없죠! 야구부와 소프트볼부에 같은 1학년인 것도 있어서 교류가 많지만, 항상 제가 도와주고 있을 정도고요! 오히려 감사의 마음이 끝없다고 해도 과언이 아니겠죠!"

탄포포는 항상 과언밖에 하지 않는군.

"항상 괜한 짓만 해서 제 일을 늘리잖아…네요. 이 녀석 때문에 제가 얼마나 힘들었는데…로군요."

아무튼 거의 매일 탄포포가 자각 없이 나데시코에게 폐를 끼쳤다는 건 이해했다.

"저번에도 요란제 준비로 소프트볼부를 도와주었을 정도고요! 귀여운 저는 곤경에 빠진 사람을 못 본 척하지 않아요! 우훗!"

"……! 도, 도움 같은 건 받은 적이 없답니다."

응? 왠지 나데시코의 몸이 묘하게 떨렸는데?

지금 대화에서 이상한 건 딱히… 아니, 잠깐….

"어이, 탄포포."

"음? 왜 그러나요, 키사라기 선배?"

"너 지금 '요란제 준비로 소프트볼부를 도와주었다'고 했지? 그게 언제 일이고 어떻게 도운 거야?"

"키, 키사라기 선배! 기다려 주시겠나요! 그걸 묻는 건…."

"금요일이죠! 사실은 소프트볼부가 일루미네이션을 치우는 담당이었지만, 덤벙쟁이인 나데시코가 까먹었으니까요! 제가 대신 정리해 주었어요!"

"헤에~…. 그런가…. 알고 있었어, 나데시코?"

"……! 저기, 저는 슬슬 우리 동아리 작업을… 아! 이거 놓아

주시겠나요, 하네타치 선배!"

나이스다, 아스나로!

"지금 이야기를 더 자세히, 상세하게 들려준다면 놓아주죠. 후후후⋯."

나데시코를 멋지게 붙잡은 아스나로.

나데시코는 어떻게든 빠져나가려고 발버둥 쳤지만, 상당히 단단히 붙잡힌 거겠지.

보아 하니 빠져나갈 수 있을 것 같지가 않다.

"어라? 왜 그러나요, 하네타치 선배? 갑자기 제가 아니라 나데시코를 껴안다니."

"신경 쓰지 마, 탄포포. 너치고는 어쩐 일로 대활약한 결과야."

"정말인가요?! 그럼 저를 귀여워해 주세요! 우후후훗!"

"도저히 내키지 않지만, 예의상 요망에 응해 주지."

"이해합니다. 항상 감사하고 있으니까, 고맙다고 말하는 게 내키지 않는 거로군요⋯."

귀찮으니까 그냥 그걸로 하자.

"우후~응, 우후후훗⋯."

머리를 쓰다듬자 기분 좋은 듯이 달라붙는 게 짜증나지만, 지금은 넘어가자.

그보다도 문제는 나데시코다. 소문을 따라가다 보니 뜻하지 않은 곳에서 수확이 생겼군.

"나데시코. 너 어제는 '금요일에 일루미네이션을 정리한 동아리, 혹은 누가 정리했지?'라는 질문에 '야구부의 탄포포'라고만 대답했지, 어느 동아리가 정리 당번이었는지는 말 안 했지?"

"그, 그건…."

"또 오늘 일을 잘 생각해 보니 이상하잖아? 너희 1학년 여자들은 대부분 도서실 업무를 보는 히마와리나 아스나로와 얽히고 싶어 하지 않잖아? 그런데 왜 너는 오늘 아침에 신발장에서 히마와리를 감싸고, 지금도 아스나로와 태연히 이야기하고 있지?"

사실 이 녀석은 어제 이야기를 들으러 갔을 때만 해도 히마와리와 아스나로와 얽히기 싫어했다.

그런데 하루 만에 그 태도가 변하는 건 아무리 생각해도 이상하다.

"큭! 질서 없는 얼굴을 한 주제에 이상하게 예리…하시군요."

아까부터 입이 너무 험하시군요, 이분.

질서 없어서 미안하다, 제길.

"나데시코… 혹시 사실은 당신이 일루미네이션을 망가뜨렸습니까?"

"아, 아니랍니다! 저는 일루미네이션을 망가뜨리지 않았습니다! 그저…."

"그저?"

"……! 아, 알겠습니다! 말하겠습니다! 말하겠어요! 그러니까 하네타치 선배….

"안 됩니다. 모든 것을 다 말한 뒤에 풀어 주겠습니다. 히마와리가 처한 처지와 비교하면 이런 건 별것도 아니죠?"

아스나로, 무서워….

"……네."

아무래도 나데시코는 체념했는지 솔직히 사정을 설명해 줄 모양이다.

하지만 이 어조를 보면 나데시코는 일루미네이션을 망가뜨린 범인이 아닌가?

하지만 뭔가 알고 있다. 그건 대체….

"저기, 제가 일루미네이션을 숨겼답니다. …풀장 근처 화단에."

"뭐? 숨겼어? 왜 그런 짓을….

지금은 요란제 준비 기간이라서 수영부도 풀장을 쓰지 않으니까 숨기기에는 딱 좋은 장소겠지만, 애초에 그런 짓을 할 이유를 전혀 모르겠다.

"그건…! 타, 탄포포에게 심술을 부리기 위해서입니다!"

"효왓?! 저, 저에게… 심술?"

"키사라기 선배, 하네타치 선배, 쓰레기바보얼간이천치녀, 세 분 다 눈치채지 못하셨겠지만, …사실 전 탄포포에게 별로 좋은 감정을 품고 있지 않습니다."

아니, 눈치챘어. 둘이 만나고 5초 만에 알았어.

"우훗. 이상하네요…. 여기에는 나데시코를 제외하고 세 사람 밖에 없는데, 제 이름이 나오지 않았습니다…. 설마 이것도 심술의 일종?"

아니, 말했어. 기가 막힌 별명으로.

"하, 하지만, 하지만, 나데시코가 제게 좋은 감정을 품지 않았다는 게 무슨 소리인가요?! 이렇게나 귀엽고 성격도 완벽한 저를 싫어하다니…."

"……!! 바로 그 점이야! 내가 네년을 불쾌하게 생각하는 건!"

"효오?!"

"어?!"

"음?!"

"귀엽고 성격도 완벽?! 그럴 리 있겠냐! 네년은 항상 오만하고 콧대만 세우며 주위에 폐를 끼치는 망할 애야! 그런데 야구부 사람들… 특히나 시바 선배와 친하게 지내는 게 너무 짜증나고 열 받아! 진짜로 Fuck이다!"

나데시코. 신성해. 그기 어가가 할 만한 얼굴이 아냐.

얼굴과 캐릭터가 무법 지대로 변했어.

"그날도 그래! 어슬렁어슬렁 교정에 나타나서 얼빠진 모습으로 일루미네이션을 정리하나 싶더니, 시바 선배에게 불려 가고… 게다가 그 뒤에 시바 선배의 이야기도 듣지 않고 갑자기 이상한 춤을 억지로 가르치려고 하고…."

솜털솜털 댄스로군요, 이해합니다.

"오, 오해입니다! 그건 시바 선배가 가르쳐 달라고 제게 부탁해서…."

그게 오해야. 시바는 절대로 그런 소리 안 해.

"그럴 리 있겠냐! …그러니까 네년이 평소에 얼마나 사람에게 민폐나 끼쳐 대는지 가르쳐 주려고, 일루미네이션을 숨겼어! 민폐를 경험하고 나면 자기가 지금까지 남에게 민폐를 얼마나 끼쳤는지, 그 나사 빠진 대가리로도 이해할 수 있을 거라고 생각해서!"

말하자면 탄포포에게 단순히 심술을 부린 게 아니라, 개인적으로 벌을 주려고 한 건가. 직접 말해도 이해를 못 할 테니까, 그 몸으로 경험하라고.

"그런데…."

"그런데?"

"이 얼빠진 년은 '우훗! 저의 팬이 알아서 정리해 준 모양이네요! 하아~! 역시 귀여움은 죄네요…' 같은 소리나 하고, 찾지도 않고 돌아가 버렸다고오오오!"

상황의 머릿속 재생이 너무 간단해서 큰일이다.

"그랬던 건가요, 나데시코…."

왠지 탄포포가 어쩐 일로 울고불고 하지 않고 추욱 기가 죽었군….

역시 이 녀석도 동갑내기 여자애한테 미움 사는 걸 알았으니…

"이것도 아이돌의 숙명이죠…. 너무 사랑받기에 때로는 질투의 대상이 된다. …괜찮습니다! …그런 것도 다 각오하고 있었으니까요! 우훗!"

부채질이 장난 아니다….

"끄아아아아아! 이 대가리가 텅 빈 것이이이이!!"

"나, 나데시코, 진정해! 다스 몰* 같은 얼굴이 되었으니까!"

"효와아아아…. 지, 진정하세요, 나데시코! 혹시 당신이 다치기라도 하면, 소중한 채소 가게는 누가 이어받는단 말인가요! 참아요, 참아! 우훗!"

나데시코네 집이 채소 가게였냐?! 아니, 나쁘지는 않아! 나쁘지는 않은데!

"우리 집 이야기하지 말라고오오오오!! 사쿠라지마 무로 대가리를 쪼개 버린다?!"

"치야아아앗! 키사라기 선배, 도와주세요! 채소집 딸이, 채소집 딸이, 저의 프리튀~한 머리를 노리고 있습니다! 우훗! 우훗!"

응. 이미 충분히 이해했어…. 왜 내가 나데시코 근처에 가면

※다스 몰 : 영화 〈스타워즈〉의 등장인물.

오한을 느꼈는지.

아가씨 캐릭터를 연기하고 있었군. 그리고 본성은 전혀 그렇지 않고…. 잘도 꿰뚫어 봤군, 나의 본능.

탄포포도 그렇고, 민트도 그렇고, 나데시코도 그렇고… 왜 1학년 중에는 멀쩡한 녀석이 없지?

나한테는 그야말로 마수의 소굴이다.

"무섭습니다~…. 저는 사쿠라지마 무보다 쇼고인 무를 좋아해요~"

쇼고인 무라면 머리가 쪼개져도 좋은 거냐. 그리고 이상하게 무에 대해 밝군.

"허억! 허억! …어흠. 오호호호…. 제가 그만 천박한 모습을."

천박하게 엎드려 빌 정도로 천박했어.

"어어… 그래서 나데시코, 네가 심술로 일루미네이션을 풀장 근처 화단에 숨겼는데, 헛수고로 끝났다고? 그럼 ㄱ다음에 어떻게 됐어?"

"어쩔 수 없기에 제가 정리하려고 풀장 근처 화단으로 갔답니다. 그랬더니 보이지가 않아서… 월요일에 그런 소동이 나고…."

과연. 이걸로 일이 어떻게 돌아간 건지 좀 보이기 시작했어.

히마와리는 교정의 본래 장소에 있던 일루미네이션을 주운 게아니었다.

나데시코가 풀장 근처의 화단에 숨기고 탄포포를 살피는 사이

148

에, 히마와리가 왔다가 쓰레기인 줄 알고 버렸던 건가. …하지만 아직 질문할 게 좀 남았다.

"하지만 나데시코, 애초에 말이지… 왜 탄포포가 일루미네이션을 정리한 거야? 원래 소프트볼부가 담당이었잖아?"

"그렇습니다! 일루미네이션은 19시까지 정리하라고 아키노 선배가 신신당부했습니다! 그러니까 저는 야구부가 담당인 날이 아닌데도 서둘러서 정리했습니다!"

"몰랐어요! 우리 소프트볼부가 금요일에 일루미네이션을 정리하는 담당이었다니…."

보통 그런 중요한 일을 모를 수가 있나?

다만 나데시코의 이 표정을 보기로는 거짓말이 아닌 듯하군.

"그러니까 그걸 알았을 때에는 의심받을까 무서워서… 애초에 히나타 선배가 버리게 된 원인을 만든 것이 저였기에…."

"오늘 아침부터 히마와리를 감쌌던 건가."

"…네, 그걸로 속죄가 될까 싶어서…. 정말로, 죄송합니다…."

나데시코가 우리에게 깊이 고개를 숙였다.

자기가 직접적인 원인이 아니라 간접적인 원인이라고 해도, 히마와리에게 폐를 끼쳤던 것을 깊이 반성하는 모습이었다.

하지만….

"뭐가 속죄란 말입니까…."

그 모습이 오히려 아스나로의 분노에 박차를 가했다.

"웃기지 말라! 니는 거짓말을 했사! 정말로 사과할 기면 니가 했다고 니 입으로 학교 사람들에게 말해야디! 하디만 아이 했디? 제일 먼저 니 몸만 지키려 들었디! 니가 한 짓은 '속죄'가 아이다! 니한테는 아무 일도 아이 하고 히마와리를 슬쩍 도왔을 뿐이디!"

"히익!"

…아스나로. 격노한 건 알겠는데, 좀 더 알아들을 수 있는 말로 부탁해.

"히마와리는, 히마와리는… 혹시 니랑 반대 입장이었으면 그런 짓 안 하디! 그 아는 아무 생각 없이 행동하디만, 정말로, 정말로 착하고 좋은 아이디! 그런 아가 괴로워하는디, 니는…!"

"마음은 알겠지만, 진정해, 아스나로!"

진정하지 않으면, 정말로 무슨 말인지 못 알아들을 것 같아서 무서우니까.

"하지만, 죠로!"

"아스나로의 마음은 충분히 전해졌어! 봐…."

"죄, 죄송합니다…. 정말로, 죄송합니다…."

몸을 떨며 닭똥 같은 눈물을 흘리고 사죄하는 나데시코.

끝까지 입 다물고 있을 수도 있었지만 솔직히 이렇게 말하는 것을 보면, 그렇게 못된 아이는 아니겠지. 본성은 꽤나 천박하지만….

"뭐, 제대로 반성한 모양이니까, 정말로 속죄를 하고 싶으면 자기가 할 수 있는 일을 생각해서 실행하면 돼. 누구든 실수는 할 수 있는 법이고, 중요한 건 그다음에 어떻게 신뢰를 되찾는 가…겠지?"

"그, 그건…!"

알아차렸다. 그래, 오늘 아침에 네가 했던 말이야.

"고, 고맙습니다!"

"…죠로는 너무 무릅니다."

아스나로는 내 대응에 불만이 있는지 볼을 불룩거렸지만, 나는 이게 정답이라고 생각한다. 나라고 딱히 나데시코에게 화가 나지 않은 건 아니다.

다만 이대로 화내며 반성시키는 것보다도, 지금은 진짜 속죄를 시키는 편이 낫다고 생각해서 말이야. …그걸 위한 대응이지.

"저, 저는 저 나름대로 열심히, 이번에야말로 제대로 히나타 선배를 위한 일을 하겠습니다! 정말로 이번에는 큰 폐를 끼쳐서… 죄송합니다!"

마지막에 나데시코와 잠시 이야기를 나눈 후에 우리는 교정을 뒤로했다.

※

결국 프리뮬러와는 만나지 못했지만, 그래도 큰 수확을 얻었다.

히마와리는 교정에 있던 일루미네이션을 버린 게 아니라 풀장 근처 화단에 있던 자루에 담긴 일루미네이션을 쓰레기로 착각하고 버렸다.

이 사실은 크다. 크긴… 한데, 그 결과 새로운 의문이 탄생했다.

"왜 히마와리는 일부러 풀장 근처의 화단까지 둘러보고 다녔을까요? 테니스부가 관할하는 범위에서 꽤나 이탈한 것으로 생각됩니다만…."

이라는 것이다.

즉, 히마와리가 거기로 간 이유가 따로 있는 건 틀림없다.

"나도 아스나로의 의견에 찬성이야. 다만 지금의 히마와리한테 직접 물어도…."

"그렇겠죠. 아마도 아무런 대답도 없이 도망치겠죠. …그러니 지금은 처음 예정으로 돌아가서 다음 소문을 조사하죠! 자, 서두르죠, 죠로!"

포니테일을 흔들면서 내 손을 잡아끄는 아스나로.

아주 조금이지만 사건의 수수께끼가 해결돼서 분명 기쁜 거겠지.

"아스나로, 소문을 조사하자고 말해 줘서 고마워. 덕분에 예상 밖의 장소에서 중요한 정보가 들어왔어."

"무슨 말입니까! 저는 저를 위해 행동하는 것뿐입니다! 다만 그래도 쇼로가 제게 감사하다면…."

응? 왜 그래? 이상하게 안절부절못하는 느낌으로 이쪽을 보고.

"저도… 아까 탄포포처럼 머리를 쓰다듬어 주면 기쁘겠습니다…."

기대하면서도 조심스럽게, 내 손을 잡는 아스나로.

그 모습만 해도 충분히 귀엽지만….

"안 될, 까요?"

게다가 올려다보는 그 시선은 완전히 반칙이잖아.

"아니, 안 되는 건 아닌데…. 알았어. 이거면 될까?"

"후훗. 고맙습니다! 이걸로 더 힘낼 수 있겠습니다!"

살짝 주먹을 쥐고 좋아하는 사소한 동작조차도 귀여워서, 나는 무심코 아스나로에게서 눈을 돌렸다. 본인은 모르는 모양이지만, 아스나로의 소박한 언동은 꽤나 매력적이다.

그런고로 우리의 다음 선택지는 '2학년 층으로 간다'다.

참고로 탄포포는 없다. '슬슬 시바의 탄포포 성분이 부족할 것 같네'라고 말하자, '듣고 보니 그렇습니다! 서둘러야겠네요!'라면서 바보같이 가 버렸다.

역시 애완동물은 주인에게 확실히 돌려보내야겠지.

그리고 왜 우리가 2학년 층에 있냐 하면… 사잔카를 만나기 위해서다.

아까 우리와는 별개로 조사를 해 주던 츠바키와 히이라기에게서 '사잔카의 소문은 2학년… 1반부터 시작된 모양이랄까'라는 정보가 들어왔다.

아무래도 아스나로의 의뢰로 두 사람은 두 사람대로 소문에 대해 조사했던 모양이다.

참고로 2학년 1반은 우리가 속한 반이 아니다.

우리는 2반. 1반은 팬지와 히이라기와 시바… 그리고 **그 녀석**이 속한 반이다.

그렇다면 제일 먼저 수상한 사람은….

"하지만 사잔카의 소문의 출처가 1반이라니…. 역시 지금 제일 수상한 건 **그녀**로군요."

아무래도 아스나로도 같은 생각을 했던 모양이다.

"…프리뮬러, 인가."

"네. 나데시코가 금요일에 일루미네이션 정리 담당이 소프트볼부라는 것을 몰랐던 것도 묘하고, 코스모스 회장에게도 명확한 적의를 품고 있었고…."

"뭐, 그렇지…. 다만 그렇다고 해도 본인을 취조할 수도…."

"유유히 이쪽의 추궁을 넘겨 버릴 가능성도 있죠. 프리뮬러는 그렇게 보여도 꽤나 만만치 않은 성격이고요."

154

"그렇지~ 다시 말해 아직 준비 부족이란 걸까."

혹시 프리뮬러가 진범일 경우, 이쪽이 아무런 증거도 없이 일루미네이션에 대해 물어봐도 모르는 척 추궁을 넘길 가능성이 있다.

그러니까 이런 말도 그렇지만… 몰아붙일 준비를 확실히 한 뒤에 녀석과 만나는 편이 좋겠지. RPG에서도 준비를 갖추지 않고 라스트보스에게 도전했다간 지는 것이 당연하다.

레벨을 올리고 장비를 모으는 과정을 소홀히 할 수 없다.

…미소녀 게임이네, RPG네… 내가 게임의 세계에 너무 몰입했나.

"그럼 사잔카를 찾아서 이야기를 들어 보죠! 확인해야 할 내용은 소문과 프리뮬러에 대한 것입니다!"

참고로 보충하자면, 사잔카의 소문이란 '마야마 아사카는 열심히 부탁하면 야한 토끼 코스튬을 입고 토끼토끼해 준다'다.

프리뮬러에 대한 것이란 금요일 방과 후에 프리뮬러는 우리에게 '18시 이후로는 사잔카에게 바느질을 배웠고, 그게 끝난 뒤에는 친구들과 수다를 떨었다'라고 말했으니까, 그때의 일을 확인하고 싶다.

자, 사잔카는… 아, 저기 있군.

카리스마 그룹 애들과 함께 다른 반 여자애와 이야기하고 있군.

"저기, 히마와리에 대해 너무 나쁘게 말하지 말아 줄래? 그 애도 악의가 있어서 그런 게 아니니까."

"그건 상관없지만… 사잔카, 너도…."

"나? 내가 뭘 어쨌는데?"

"아, 아니! 아무것도 아냐! 아무튼 히마와리 쪽은 맡겨 줘! 친구들한테도 그렇게 부탁할게!"

"정말?! 고마워! 다음에 파르페라도 사 줄 테니까!"

여자애들과 말할 때의, 무구한 미소를 짓는 사잔카는 정말 귀엽지. 그야말로 순백의 천사다.

다만 함께 이야기하던 그 여학생의 반응… 저건 아마도 소문을 알기 때문이겠지.

하지만 문제의 사잔카는 자기에게 그런 소문이 발생한 줄 모르는 모양이다.

음, 저쪽 대화는 끝난 모양이니 말을 걸어 볼까.

"여, 사잔카. 잠깐 이야기를…."

"아니! 너 갑자기 뭐 하러 왔어! 서, 설마, 지금 그거 봤어?! 이, 잊어버려! 안 잊어버리면 온몸이 체리파이처럼 될 때까지 패서 기억을…."

이상하네. 아까까지 순백의 천사가 있었을 텐데, 지금은 눈앞에 홍련의 마왕이 있다.

"아, 아니, 그건 넘어가고. 실은 사잔카에게 물어볼 게 있어."

"나, 나한테 물어볼 거?! 뭐, 뭔데?! 뭐든지 물어봐! 제대로 대답… 핫! …뭐야? 나한테 볼일 있어? 일단 바쁜데?"

그녀의 안에서 '핫!' 이전의 말은 없었던 것이 된 모양이다.

쿨한 모습이지만, 시선만은 불안하게 움직이는데.

어디 보자, 어느 이야기부터 사잔카에게 확인할까?

'밝은 미소와 함께 소문에 대해 묻는다', '싹싹하고 쿨한 태도로 프리뮬러에 대해 묻는다'.

아무리 생각해도 전자는 위험천만하다. 그럼 여기서는 안전한 후자를….

"사잔카, 지금 당신에 대해 조금 이상한 소문이 돌고 있는 건 알고 있습니까?"

아스나로, 왜 그쪽을 먼저 초이스했지?

"이상한 소문? 그게 뭐야?"

"실은 말이죠… 소곤소곤소곤소곤."

"……! 뭐, 뭐어어어어?! 그게 뭐야?! 너, 무슨 생각이야?!"

"나, 나 아냐! 난 아무 말도 안 했어!"

"그림 왜 그런 이야기가… 서, 설마! 나한테 정말로 그런 차림을…! 변태! 이 변태! 그런 옷, 절대로 안 입을 거니까! 꼭 좀 해 달라고 부탁하지 않는 한, 절대로 안 할 거니까!"

어디, 고개 숙여 빌면서 부탁한 준비를… 아니, 이게 아니지.

"아닙니다. …그 이야기 말인데, 아무래도 금요일 방과 후에 1

반에서부터 시작된 모양입니다."

"뭐?! 왜 그런 곳에서…………. 아, 혹시….'

그때 사잔카는 뭔가 떠올렸는지, 갑자기 얼굴을 물들이기 시작했다.

그리고 힐끔힐끔 나를 보는데, 왜 그러지?

"사잔카, 창피한 건 알겠습니다만, 솔직하게 말해 주세요. 혹시 그게 아주 중요한 정보일지도 모릅니다. …히마와리를 돕기 위한."

"히마와리를? …그렇다면…! 아, 알았어."

아스나로의 진지함이 전해졌는지, 사잔카도 어딘가 진지한 표정이 되었다.

그리고 빨간 얼굴에 부채질을 하면서 아스나로를 바라보더니,

"그날 프리뮬러네 반에서 바느질을 가르칠 때에 같이 작업하던 애랑 이야기했어, …어떻게 하면 죠… 어, 어느 이느 기분 나쁜 남학생을 기쁘게 할 수 있겠냐는 이야기를….'

그래, 어느 남학생이란 말이지. 부러운 녀석이로군, 대체 누구일까?

"설마, 그래서 그 어느 기분 나쁜 남학생이 버니걸을 좋아한다는 이야기가 되고?"

'기분 나쁜'이란 말은 안 붙여도 되지 않아? 누군지는 모르지만, 상처 입을지도 모르잖아.

"그, 그래! 그러니까 멋진 버니걸 차림을 하면 기뻐할지도 모른다고 이야기꽃이 피었고, 그게 근처에 있던 프리뮬러의 귀에도 들어갔어. …진짜 최악이네!"

그렇다면 그 황당무계한 소문은 사실이었나!

분명 뒤통수를 때리는 뭔가가 있을 거라고 생각했는데, 설마 진짜 그 말 그대로라니….

세상은 정말로 무슨 일이 일어날지 모르는 거로군.

"참고로 프리뮬러에게서 놀림받았습니까? 달리 뭔가 말한 거라든가?"

"난 바느질을 가르쳤지만, 프리뮬러랑 이야기한 건 그때 정도야. 왠지 걔는 교정 쪽을 계속 신경 쓰면서 힐끔힐끔 창밖만 보고 있었고, 도중에 없어졌어."

도중에 없어졌다? 혹시 그게 프리뮬러가 어제 말했던 '친구랑 수다 떨었다'란 건가?

그렇다면 가령 프리뮬러가 무슨 짓을 했다면 사잔카에게서 바느질을 배웠을 때가 아니라 그 뒤인가….

"그렇습니까 …만일을 위해 확인하고 싶습니다만, 프리뮬러는 히마와리에 대해 뭔가 말하지 않았습니까? 예를 들어서 풀장 근처의 화단으로 보내고 싶다든가…."

아스나로… 진상을 빨리 밝히고 싶은 마음은 알겠지만, 너무 대놓고 묻는 거 아냐? 조금 더 은근히 둘러서….

"어? 어떻게 아스나로가 그걸 알고 있어?"

뭐?! 진짜냐!

"그랬습니까?! 말해 주세요! 최대한 자세하게!"

"자, 잠깐만 진정해! …저기… 히마와리 이야기는 잠깐 나왔었어. 하지만 그 이야기를 했던 건 프리뮬러가 아니라 나랑 같이 바느질 작업을 했던 애야. 그 애가 작업 도중에… 어, 최대한 자세하게 말해 달랬지? …부, 분명히… '풀장 근처의 화단 쪽에도 쓰레기가 남아 있으니까, 테니스부가 뒷정리할 때 여유가 있으면 처리를 부탁한다고 히마와리에게 전하고 올 테니까'라고 말했어."

어이어이, 제법 중요한 정보가 튀어나왔잖아.

…그래서 히마와리는 풀장 근처 화단으로 간 건가.

그리고 자기 혼자 했다고 말한 이유는 그 말을 전한 녀석을 감싸기 위해서.

즉, 이런 말은 좀 그렇지만, 히마와리가 실행범이라면 히마와리가 그 행동을 하도록 유도한 교사범이 있었다. …다만 그 녀석은 프리뮬러가 아니었던 건가.

의심해서 미안해, 프리뮬러.

"누, 누구입니까?! 사잔카와 같이 작업했던 그 사람은?!"

설마 정말로 히마와리를 함정에 빠뜨린 진범이 존재했다니….

그럼 그 녀석을 붙잡아서 학교의 모두에게 얼른 사정을 설명하면, 히마와리의 죄는 사라진다…고 말할 순 없지만, 가볍게 만들 수 있다.

그만큼 이번에는 그 녀석이 규탄을 받겠지만 알 바 아니다. 자업자득이다.

…아니, 잠깐, 사잔카와 함께 남아서 바느질을 하고… **어느 남학생**에 대해 말할 만한 녀석은? 그건 우리 반이 아니라 프리뮬러네 반 녀석이지?

게다가 히마와리가 자기 혼자서 죄를 덮어쓰려고 했다면 그 녀석에게도 꽤나 중요한 친구일 것이다.

"지, 진정해, 아스나로. 너도 잘 아는 사람… 아니, 오늘도 만났잖아?"

"제가 잘 알고… 오늘도 만났다?"

설마 히마와리를 함정에 빠뜨린 교사범은….

"그래. 나랑 같이 남아서 바느질을 하고, 히마와리에게 부탁한 아이는…"

그만둬, 사잔카…. 그 이상, 말하지 마….

애초부터 싫이는 데기 없으니까 소문을 조사했을 뿐이야.

그러니까 처음부터 다시 한번 조사해 보자.

그러면….

"팬지야."

사잔카의 그 말을 듣는 동시에, 내가 떠올린 것은 점심시간에 녀석이 했던 말.

'이번 일은 아주 어려워. 평범한 학생인 우리가 해결하기엔 문제가 너무 커.'

정말로… 엄청난 사태가 되었잖아….

내가 열심히 하면 악화된다

제 4 장

완전히 예상 밖이며 최악의 전개다….

사잔카에게 이야기를 들은 나와 아스나로가 향한 곳… 그곳은 2학년 층의 어느 교실.

현재 위치에서의 거리는 얼마 안 된다. 평범하게 걸으면 1분도 안 걸릴 거리인데, 우리가 거기에 도달하기까지 5분의 시간이 필요했다.

그동안 나와 아스나로는 아무 말도 하지 않았다.

내가 말을 거는 일도 없고, 아스나로도 그저 말없이 내 옆을 걸었다.

그리고 목적지인 교실 안을 엿보자….

"팬지, 츠바키가 못됐어~…. 나를 모르는 사람 사이에 두고 어딘가로 가 버렸어~ 괴롭혀~!"

"힘들었겠네. …그래서 츠바키는 어쩌고 있어?"

"가게에 갔어! 츠바키는 대단한 점장이니까 일을 우선해!"

"그래. 가르쳐 줘서 고마워, 히이라기. 그럼 나랑 같이 작업하자."

"응! 역시 팬지는 아주, 아주 착해~!"

사이도 좋게 어떤 의상을 만드는 팬지와 히이라기.

아마도 이 반에서 할 예정인 코스프레 카페의 준비 중이겠지.

그 모습을 보기만 해도 묘하게 가슴이 쿡쿡 아파 왔다.

문은 열려 있다. 목적하던 인물도 발견했다.

…그런데 눈앞에는 두꺼운 벽이 존재하는 듯한 착각에 빠져서 한 발짝도 내딛을 수 없었다.

"어라? 썬, 인가?"

문득 스마트폰을 확인하자, 썬에게서 메시지가 들어와 있었다.

아무래도 썬은 썬대로 이번 사건의 해결을 위해 움직이는 듯했다.

다만 나는… 전혀 움직일 수 없을 것 같군….

"두 사람 다 여기 있었군요."

이런…. 내가 스마트폰에 정신을 빼앗긴 사이에 아스나로가 먼저 움직였다.

"아! 아스나로다! 아스나로도 같이 작업하자! 그러면 아주, 아주 재미있어~!"

"미안합니다, 히이라기. 저는 놀러 온 게 아닙니다."

"아우…. 아쉬워…."

히이라기는 아스나로를 환영했지만, 그녀의 제안은 거절당했다.

본래 목적이 최우선인가. 당연하지.

"팬지, 잠깐 시간 좀 내 줄 수 있습니까?"

"……그래, 괜찮아. 슬슬 올 때가 됐다고 생각하고 있었어."

조금 긴 침묵, 그동안에 아스나로가 아니라 내 모습을 확인한 팬지는 용건도 듣지 않고 아스나로의 말을 승낙했다.

뭘 위해 우리가 여기에 왔는지 이미 알고 있다는 건가….

"미안해, 히이라기. 같이 작업하고 싶었지만, 그럴 수 없겠어."

"에에에엣?! 그런 건 싫어! 나도 팬지랑 같이 있는 게 좋아!"

"히이라기, 미안하지만 포기해 주세요. 팬지는 이제부터 저와 죠로와 중요한 이야기가 있습니다."

"싫어! 그럴 거면 나도 갈래! 팬지랑 나는 같이 있을 거야~!"

티 없이 웃으며 팬지에게 달라붙는 히이라기.

이거 떼어 내기 어렵겠군….

"하지만…."

아스나로가 살짝 곤혹스러운 기색으로, 아직 교실에 들어오지 않은 나를 보았다.

그래서 나는 그저 조용히 고개를 끄덕였다.

"…알겠습니다. 그럼 히이라기도 같이 와 주세요."

"와아! 고마워! 아스나로도 아주, 아주 착해~!"

"하지만 결코 우리 이야기를 방해하지 말아 주세요. 아주 중요한 이야기라서."

"응! 괜찮아! 난 같이 있으면 그것만으로 대대대만족이야!"

무구하게 웃는 히이라기와 담담한 표정의 팬지를 데리고, 아스나로가 돌아왔다.

"그럼 갈까요."

"여기서 이야기하는 게 아니라?"

"네, 우리가 중요한 이야기를 하는 데 이 장소는 아니겠죠. 역시… 지금은 사람이 없어진… **그곳** 이외에는 없겠죠?"

"…그래. …알았어."

그래. 나도 같은 생각이야….

※

우리 네 사람이 중요한 이야기를 하기 위해 간 곳… 그곳은 평소 매일 이용하며 오늘도 이용했던… 도서실. 그곳의 독서 스페이스.

그리고 보면 점심시간에는 이 네 사람 외에 츠바키가 있었지.

그리고 바로 그 츠바키는 가게가 있다면서 이미 돌아갔다. …또 한 명 줄었나….

"모처럼이니 홍차라도 끓일까?"

"아뇨, 됐습니다. 일과 경우에 따라서는 당신이 화상을 입을지도 모르니까요."

"…그래. 알았어."

예리한 창 같은 아스나로의 목소리가 팬지를 꿰뚫었다.

이 말만 해도 아스나로가 어떤 감정을 품고 있는지 쉽게 상상할 수 있겠지.

그리고 두 사람의 관계가 깨져 가는 것도….

"에엣! 난 팬지의 홍차 마시고 싶어! 아주, 아주 맛있으니까, 분명 아스나로도 기운이 날 거야!"

"히이라기, 아까도 말했죠? 결코 우리 이야기를 방해하지 말라고요."

"아우…. 그랬어…."

아스나로의 험악한 기세에 기죽어서 얌전히 입을 다무는 히이라기.

앉은 자리는 내 옆에 아스나로, 정면에 팬지와 히이라기.

"팬지, 단도직입적으로 묻겠습니다."

아스나로가 평소 사용하는 작은 메모장과 애용하는 빨간 펜을 꺼내 준비를 했다.

드디어 시작되나….

"당신은 금요일 방과 후에, 히마와리에게 '풀장 근처의 화단에 있는 쓰레기를 정리해 달라'고 부탁했습니까?"

"그래. 했어."

쉽게, 정말 아무 일도 아니라는 듯이 팬지가 단적으로 대답했다.

그 태도가 아스나로의 심기에 거슬렸겠지. 펜을 쥔 손에 힘이 들어갔다.

"그, 그럼… 그 결과 어떻게 되었는지 알고 있습니까?"

"히마와리는 일루미네이션을 쓰레기라고 착각하고 버렸어. 그 때문에 일루미네이션은 망가졌어. 그러니까 요란제는 개최할 수 없을지도 몰라."

너무 솔직하게 다 말하잖아…. 왜 조금도 부정하지 않는 거지….

이대로 가다간… 이대로 가다간 진짜로 네가 악당이 되는데?

"어… 어째서입니까, 팬지!"

견딜 수 없어졌는지 아스나로가 소리쳤다.

"히익! 어? 어?"

거기에 놀란 히이라기가 조금 얼빠진 소리를 내고 주위를 두리번거렸다.

"왜 지금까지 말 안 했습니까?! 당신은 처음부터… 일루미네이션이 없어졌을 때부터 알고 있었죠?! 그러니까 계속 묘한 태도였죠! 누구보다도 일루미네이션 수색에 소극적이었죠!"

"그래. 나는 어제… 당신들이 행동하기 전부터 다 알고 있었어. 제일 먼저 일루미네이션이 파손되었다는 걸 확인한 사람은, …나였이."

그랬었나…. 그러니까 이 녀석은 일루미네이션을 찾으려고 하지 않았던 건가.

이미 돌이킬 수 없는 사태였으니까. 어떻게 할 수 없는 사태가 되었으니까.

"그런 건 아무래도 좋습니다! 저는 왜 입 다물고 있었냐고 묻는 겁니다!"

"점심시간에도 말했잖아? 이번 사건은 아주 어려워. 반드시 누군가가 희생되어야만 해. 그런 문제야…라고."

그래, 말했지. …정말로 바로 그런 상황이야.

이대로 가다간 히마와리나 팬지, 어느 쪽이 악당이 되어야만 사태가 수습이 돼….

"그래서 히마와리를 희생하고, 자신은 벗어나려고 했습니까?!"

"그렇게 생각하더라도 상관없어."

"그런 걸 그냥 넘어갈 수는 없습니다! 저는 신문부로서도, 히마와리의 친구로서도, 진실을 감추려는 당신의 행동을 인정하지 않겠습니다! 이번 일은 모두에게 확실히 전하도록 할 테니까요! 뭣하면 신문 기사로…."

"그만둬."

어, 어이… 팬지. 너, 진짜 무슨 소리를 하는 거야?

"다, 당신은 대체 무슨…."

"부탁이야, 아스나로. 당신이 아는 진실을, 다른 사람에게 전하는 건 그만둬 줘."

아니! 미, 믿을 수가 없어….

팬지가, 바로 그 팬지가… 아스나로에게 깊이 고개를 숙이고 부탁한다.

진실을 아무한테도 전하지 말아 달라고.

"어이! 팬지, 그만해! 왜 너는 그렇게까지…!"

"안 돼, 죠로. 나는 결심하지 못했어….."

황급히 나서서 팬지의 고개를 들게 하자, 내 눈에 비친 것은 눈물을 필사적으로 참는 팬지. …진짜다. 진짜로 이 녀석은 진실을 숨기려고 한다.

하지만 왜지? 팬지의 태도는 물론이지만, 애초에 행동이 이상하잖아.

왜 팬지는 히마와리에게 그런 지시를 내렸지? 입 다물고 있던 이유도 단순하게 생각하면 자기 몸을 챙기려는 거라고 생각되지만… 아니, 그건 아니다.

아직 이 녀석에 대해서는 모르는 게 많지만, 그래도 아는 것도 있다.

팬지는 절대로 자기 한 몸 건사하려고 진실을 숨기지는 않는다.

남에게도 엄하지만, 스스로에게는 그 이상으로 엄한 녀석이니까.

"아직 나는… 나는 각오가 되지 않았어. 아무에게도 알리고 싶지 않아. 그러니까… 부탁이야. 이 사실을 누군가에게 전하지 말아 줘….."

"각오가 되어 있지 않다니…! 히마와리는 당신을 지키려고 스스로를 희생했거든요?! 지금도 혼자 학교의 모두에게 불평을 들으면서도 아무 말 없이, 그 작은 몸으로 조금이라도 자기 실수를 만회하려고 필사적으로….”

“알고 있어. 하지만… 부탁이야…. 아무한테도 말하지 마.”

“그걸 원한다면, 거기에 걸맞은 행동을 해 주세요! 지금 당신의 행동만으로는 얌전히 침묵할 수 없지 않습니까?”

“나는 아무것도 할 수 없어…. 이게 최선이야….”

“웃기지 마세요! 풀장 근처 화단으로 일루미네이션을 옮겨서, 히마와리가 버리게 된 원인을 제공한 1학년조차도 제대로 물어보니 사실을 말해 주었습니다! 반드시 속죄를 하고 다음에야말로 히마와리에게 힘이 되겠다고 말해 주었습니다! 그런데 당신은…!”

…생각해. 왜 팬지는 이런 짓을 했지?

혹시 이 녀석이 혼자… 아니, 히마와리와 둘이서 실수를 저질렀을 뿐이라면, 얌전히 자기 짓이라고 말할 것이다. 그리고 진짜로 곤경에 처했다면 우리에게 말할 것이다.

그런데 이번에 팬지는 그러지 않았다.

…아니, 안 했던 게 아니라 할 수 없었다고 생각하면 어떨까?

“아스나로! 나도 부탁할게! 팬지의 부탁을 들어 줘! 나도 열심히, 열심히 할게! 그러니까….”

“히이라기는 입 다물고 있어요!”

“히익! 우, 우우우우! 아스나로, 무서워~…. 흑, 흑….”

아스나로의 무시무시한 기세에 눌려서 히이라기가 눈물을 흘렸다.

그 옆에서 아스나로에게 계속해서 고개를 숙이는 팬지.

방금 전까지는 상상도 할 수 없었던… 최악의… 아니, 아냐….

이게 최악이 아니다. 아마도 진짜 최악의 사태는 이다음에 기다리고 있을 것이다.

우리가 거기까지 가지 않도록, 팬지는 이렇게 아스나로에게 고개를 숙이고 있다.

즉, **이 상황보다 최악**인 것을 생각하면… 설마…!

…그런 건가?

"사람 잘못 봤군요, 팬지! 당신은 더 고결한 사람이라고 생각했습니다."

하고 싶은 말을 다 했기 때문일까, 냉정함을 되찾은 아스나로가 조용히 일어섰다.

이미 여기서 할 일은 더 없다. 그렇게 말하는 듯한 태도였다.

그래도 팬지는 계속해서 아스나로에게 고개를 숙였다.

"죠로, 가죠. 이 이상 팬지와 말해도 의미가 없습니다."

"어, 어어. …알았어."

그래. 팬지의 입에서 진실이 나올 일은 절대로 없다.

그럼 어떻게 할까? 뻔하지. …다시 재조사한다.

"팬지, 고개를 들어! 아래만 보고 있으면 기운이 없어져! 그러니까… 우우우우! 싸움은 싫어~! 무서워~! 우에에에에엥!!"

통곡을 하는 히이라기는 전혀 도움이 될 것 같지 않지만, 실태는 다르다.

지금 정말로 정신적으로 궁지에 몰린 사람은 팬지다.

그리고 그런 팬지의 곁에 히이라기만큼은 있어 준다.

"히이라기, 울지 말아 줘."

"우우우…. 난 모두가 사이좋게 있는 게 좋아~ 친구와 친구가 싸우는 건 싫어~!"

팬지에게 안겨서 계속 우는 히이라기.

그 행동에는 자신만큼은 절대로 곁을 떠나지 않겠다는 의지가 담겨 있는 게 보였다.

나는 팬지의 곁에 있을 수 없다. 아직 할 일이 남아 있으니까.

그러니까 잠깐 동안 팬지를 부탁할게, …히이라기.

"저기, 팬지."

"……."

말을 걸어도 대답은 없나.

어차피 그럴 거라고 생각했어. 그럼 멋대로 전하고 싶은 바를 전하도록 하지.

너는 항상 내가 진절머리 낼 정도로 해 온 짓이니까. 서로 마찬가지지?

"나는 지금 상당히 **한가해**."

"……!"

나와 팬지 사이에서 나눈 약속의 말.

그 말만 전하고, 나는 아스나로와 함께 도서실을 뒤로했다.

아무튼 저렇게나 격노한 아스나로를 달래는 일부터 해야지.

잘되면 좋겠는데, …지금 아스나로는 엄청 무섭거든~

※

"정말이지! 기분 최악입니다!"

도서실을 나가서 조금 걸었을 때, 아스나로가 가쁜 콧소리와 함께 분노를 토해 냈다.

솔직히 꽤나 무섭지만, 그렇다고 해서 이대로 놔둘 수도 없지.

여기선 각오를 단단히 하고….

"죠로! 이렇게 되었으면 우리끼리 다시 이번 사건을 재조사합시다! 아무튼 철저하게 조사해서 팬지가 숨기는 진상을 폭로하죠!"

"…어?"

잠깐만. 왠지 엄청 예상 밖의 말이 튀어나왔는데?

혹시…

"팬지, 아무리 당신이 악당인 척하더라도 거기에 속아 넘어갈 제가 아니니까요!"

역시 그렇군. 틀림없어….

"아스나로, 팬지가 뭔가 숨기고 있는 걸 알아차렸어?"

"당연하지 않습니까! 그러니까 어떻게든 그걸 끌어내려고 했는데, 전혀 말해 주지 않았습니다! 덕분에 히이라기에게도 화냈으니까 사과할 일이 늘어서 더 못 해먹겠습니다! 그래서 기분 최악입니다!"

어이어이, 진짜냐….

"그럼 처음부터 일부러 화냈던 거야? 팬지에게서 사실을 끌어내려고?"

"아뇨, 정말로 화났거든요? 우리에게 사실을 감추려는 태도에. 그러니까 사실 하고 싶지는 않았지만, 반쯤 협박 같은 소리를 했는데… 그 고집쟁이!"

아~ 그래서 아스나로는 그렇게 강하게 압박을 해 댄 건가.

"일단 물어보겠는데… 어떻게 알았어?"

"윽! 그건…."

내 질문에 아스나로가 노골적으로 얼굴을 찌푸렸다.

그렇게 안 좋은 질문을 한 건 아닐 텐데, 왜지?

"저, 저기… 얼마 전의 실수 덕분…입니다."

부드럽고 온화한, 그러면서 어딘가 후회하는 듯한… 그런 목소리였다.

"얼마 전의 실수?"

"…기억 못 하나요? 죠로가 사잔카와 체리 씨의 연인 행세를 할 때, 저와 히마와리가 코스모스 회장에게 화풀이 같은 짓을 했던 것을…."

그러고 보면 그런 일도 있었지.

그때 코스모스는 니시키즈타 고등학교 테니스부와 신문부에 각각 테니스 네트와 프린터를 제공하기 위해 필사적으로 토쇼부 고등학교 학생회의 일을 거들었다.

다만 확정되지 않은 이상, 괜히 기대를 품게 할 수도 없었기에 두 사람에게는 말하지 않았다.

그 결과, 세 사람은 싸우게 되었지.

"방금 전의 팬지는 그때의 코스모스 회장과 많이 비슷한 표정을 했습니다. …그래서 알았습니다. 팬지가 자신이 진실을 말할 수 없기에 한심하게도 용서를 빌어서 제 분노를 자신에게 집중시키려 한 거라고."

그렇게까지 팬지를 이해하는 건가….

왠지 팬지의 곁에 내가 없어도 될 것 같은, …그런 기분마저 드는군.

"하지만 괜찮아? 이대로 가다간 히마와리는…."

"그렇죠. 제게 히마와리는 친구입니다. 반드시 돕고 싶습니다."

"그럼…."

"하지만 팬지… 아니, 도서실 멤버들은 모두 소중한 친구입니다. 저는 욕심쟁이니까요! 한 명이 아니라 다 함께 가장 좋은 길을 가고 싶습니다!"

"그래… 나도 동감이야."

"그러니 이대로 팬지를 악역으로 만들어서 히마와리를 구해도 어차피 히마와리가 또 폭주할 겁니다! '내가, 내가 전부 했어!'라고 말하며!"

"하핫! 그렇지! 그렇게 되면 이번에는 팬지가 '아냐. 내가 히마와리에게 부탁했어. 그러니까 다 내 잘못이야'라고 말하겠지?"

"그렇죠! 그러니까 그렇게 되지 않게 우리가 어떻게든 해야 합니다!"

히마와리도 팬지도 진실을 숨기려고만 하고.

정말로 귀찮은 짓을 한단 말이야. …하지만 그렇게 할 수밖에 없었겠지.

솔직히 이제부터 나와 아스나로가 도전하려는 것은 바로 저 팬지조차도 해결책을 찾아낼 수 없었던 문제다. 즉, 지금부터 우리는 틀림없이 최대의 벽과 마주치게 될 거다.

…그럼에 하게 말해 봤는데… 사실 결과는 이미 알고 있다.

내 머릿속에 떠오른 최악의 답. 그것이 진실이라면 모든 것은 앞뒤가 맞는다.

그러니까 지금부터 하는 일은 조사가 아니라 답 맞추기.

내 답이 정답인지 확인하고 어떻게 할지는… 그 뒤에 생각할 수밖에 없어….

어이, 팬지. 분명히 이건 어렵겠어….

"그럼 죠로. 이제부터 어떻게 할까요? 저는 일단 지금까지의 일을 코스모스 회장에게 보고하고 의논하는 게 어떨까 싶습니다만…."

"아니, 그보다 먼저 갈 곳이 있어."

"어라? 죠로에게는 뭔가 짚이는 게 있습니까?"

"대충. …솔직히 말해서 진범도 짐작이 가."

"정말입니까! 그러면 그 인물이 저 팬지마저도 어찌할 수 없는, 이번 사태를 일으킨 범인이란 말인가요?"

"그래. …그리고 혹시 내 예상이 맞다면 녀석은 최악의 상대야."

그래, 내가 예상한 진범의 정체. 그건 아마 아무도 이길 수 없을 것이다.

지금까지의 인생에서 나는 그 녀석과 몇 번이나 상대한 적이 있지만, 한 번도 이긴 적이 없는, …정말 말도 안 되는 상대니까.

하지만 이번에는 이기도록 하겠어. 그렇지 않으면, ……우리는 끝이다.

"최악의 상대? 그런 말까지 하다니, 대체 어떤…."

"그래…. 어떤 말도 안 되는 거짓말도 진실로 바꾸는, 괴물 같은 상대지."

"그, 그럴 수가 있습니까?! 저기… 저는 **그녀**가 이번 일에 크게 관여했고, 진범이 아닐까 의심하고 있습니다만….”

"오, 그건 내 예상과 꽤나 가깝군.”

"정말입니까! 그럼 다음은….”

"그래. 아스나로의 생각대로 이번에야말로….”

그 녀석과의 승부에는 공들인 밑준비… 그리고 많은 협력자가 필요하다.

그러니까 아스나로가 말한 '그녀'….

"프리뮬러를 만나러 가자.”

※

"저기, 결국 요란제는 어떻게 되는 거야? 하는 거야, 안 하는 거야?”

"몰라. …하지만 아까 회의실에서 나온 코스모스 선배, 꽤나 힘없는 표정이었어….”

"히마와리가 저지른 일루미네이션 문제로 의심을 사고, 그리고 요란제를 개최하기 위해 선생님들과 회의를 하고… 힘늘겠네.”

"히지만 어쩌면 어떻게 해 주지 않을까? 코스모스 회장네 집안은 엄청 부자라며? 그럼 어떻게든 해 주지 않을까?”

교무실 앞을 찾아가자, 이미 요란제에 대한 회의는 끝났는지 몇몇 학생들이 잡담을 하고 있었다.

여전히 대화 내용은 듣기만 해도 열 받았지만 견딜 수밖에 없다.

그보다도… 있다. 간신히 찾아냈군.

"저기, 프리뮬러. 우리는 이대로 요란제 준비를 해도 될까? 이러다가 결국 중지되면 전부 헛수고잖아."

"으음! 어렵네~! 뭐! 하지만 아직 정식으로 결정된 건 아니고, 준비해도 좋지 않겠엉~? 우리가 필사적으로 준비하면, 그게 요란제 개최로 이어질지도 모르잖앙?"

어딘가 장난스러운, 하지만 이상하게도 힘 있는 목소리… 프리뮬러다.

"그, 그런가! 그래! …웅! 고마워!"

"무슨 말을~! 그럼 우리도 힘 좀 써 볼까!"

"프리뮬러, 이럴 때에도 평소랑 다름없다니 대단하네. …아! 그렇지! 저기, 내년에 학생회장 안 해 볼래? 프리뮬러는 사람을 이끄는 능력이 있으니까, 분명 코스모스 선배보다 잘할 거야!"

"아하하하! 그거 묘안이네! …음, 어라랑?"

프리뮬러가 우리의 존재를 깨달았는지 시선을 이쪽으로 보냈다.

여기에 있어서 다행이야. 슬슬 너무 많이 돌아다녀서 지쳤거든.

"아, 미안한데 먼저 돌아가 줄래? 나는 다른 일이 좀 있어서."

"어? 으, 응! 알았어!"

프리뮬러는 우리가 자기를 찾아온 걸 알아차렸는지, 같이 있던 여자애들을 먼저 돌려보냈다.

본 적 있는 얼굴이니 아마도 같은 학년 애겠지. 아무래도 좋지만.

그럼 저쪽도 환영해 주는 모양이니 시작해 볼까.

"여어, 프리뮬러."

"여어, 죠로, 아스나로! 어제도 그렇고 오늘도 그렇고, 왠지 자주 만나는군요!"

"우연이 아니라 이쪽이 만나러 왔을 뿐이야."

"우힉! 이것 참 뜨거운 말씀! 그럼… 여기서 말하기도 그러니까, 조금 이동할까요!"

그럴 거라고 생각했지만… 제길. 또 이동인가.

그야 교무실 앞에서의 대화도 그렇지만, 이제 꽤 지쳤거든….

그 뒤 우리가 교무실 앞에서부터 이동한 장소는 소프트볼부 동아리방.

처음에는 작업하던 녀석들도 있었지만, 모두가 프리뮬러의 한마디로 퇴거.

아무래도 프리뮬러가 새 주장을 맡게 되었는지, 꽤나 권력이 있는 듯했다.

"이야! 이걸로 준비는 다 됐어! 밀실이야! 시추에이션 완성!"

방의 파이프 의자에 앉아서 건들거리며 말하는 프리뮬러.

두 팔을 펼치고 내 가슴에 뛰어들려는 듯한 태도다.

"아, 그렇지! 나데시코 일은 미안해! 이야기는 들었어! 설마 그 애가 일루미네이션을 망가뜨리게 된 원인과 조금 관련이 있었다니~"

그 이야기도 이미 알고 있나.

어쩌면 그 때문에 얌전히 우리와의 대화에 응해 준 걸지도.

"그러니까 소프트볼부로서는 전면적으로 요란제 개최에 협력할게! 우리가 할 수 있는 일이 있으면 뭐든지 말해 보세요~!"

"알겠습니다! 그럼 바로 말해 보겠습니다!"

"우힉! 아스나로는 여전히 까칠하네!"

"아뇨! 저는 오늘 꽤나 피로한 상태라서, 이제부터는 죠로에게 맡길 예정입니다!"

"OK! 얼마든지!"

실실 웃는 프리뮬러의 시선이 내 쪽을 향했다.

아스나로는 지금까지 고생했으니까. 여기서부터는 내 차례다.

"일단 질문하고 싶은 게 많이 있는데, …솔직하게 대답해 줘."

"말이 너무하네~ 내가 죠로한테 거짓말한 적이 있었어?"

"거짓말하지 말란 소리는 아냐. 솔직하게 대답해 달라는 말이야."

거짓말을 하지 않더라도 솔직하게 대답하지 않는 녀석과 방금 전에 이야기하고 왔으니까.

프리뮬러가 같은 짓을 하더라도 이상할 게 없지.

물론 그렇게 되지 않도록 준비도 했지만.

"여자의 비밀을 알려고 들다니, 죠로는 배려심이 너무 없네~"

"그것도 괜찮잖아. 그게 부족하니까 이런 말도 할 수 있는 거겠지?"

"오! 무슨 말을 하려는 걸까낭?"

아직 여유 넘치는 태도지만, 내 말을 듣고도 그런 태도를 유지할 수 있을까?

"프리뮬러. 네가 묘한 소문을 흘리고 일루미네이션이 망가지게 된 원인을 만들었지?"

"말이 좀 심하네…."

방금 전의 웃음은 조용히 멎고, 프리뮬러는 냉담한 시선으로 나를 바라보았다.

"참고로 왜 그렇게 생각했는지는 물론 가르쳐 줄 수 있겠지?"

"그래."

말해 두겠는데, 나는 혼자서 행동하는 게 아니다.

설령 같은 장소에 없더라도, 같은 목적을 가지고 행동하는 동료가 있다.

그중에서도 특히나 든든한… 절친이 여러모로 조사해서 가르쳐 주었지.

"일단 일루미네이션 말인데, 분명히 나데시코가 탄포포에게 심술을 부리려고 풀장 근처 화단에 숨기는 바람에, 히마와리가 쓰레기인 줄 착각하고 버렸어. …그런데 말이지, 문제는 그 이전이야."

그래. 이번 일루미네이션이 망가지기까지의 과정은 조금 복잡하다.

나데시코가 숨기고, 팬지가 히마와리에게 지시를 내리고, 히마와리가 버렸다.

하지만… 또 그 전에 한 단계가 있었다.

"원래 소프트볼부가 정리를 할 차례인데 일루미네이션을 정리하지 않았어. 그리고 그날 정리 담당이었던 나데시코나 다른 부원들은 자기들이 담당인 줄 몰랐어."

"헤에~ 그랬구나! 설마 그런 진실이….."

"네가 일부러 전하지 않았기 때문이잖아. …프리뮬러."

역시 솔직히 대답할 생각이 없나. 웃기는 녀석이군.

"자, 잠깐만, 대체 왜 내가 일부러 전하지 않았다는 거야? 나도 몰…."

"야구부의 새 주장인 아나에가 소프트볼부의 새 주장인 너에게 '오늘 일루미네이션 정리 담당은 소프트볼부다'라고 전했지?"

"어라? 그랬던가? 아니, 그런 이야기는…."

"바로 그 아나에가 금요일에 교실로 돌아가기 전에 '일루미네이션 정리 담당, 부원들에게 다 전했어?'라고 확인했더니, 네가 '물론'이라고 대답하는 걸 들었다는데?"

"…어라, 아쉽네."

이걸 안 것은 내가 아스나로와 함께 팬지네 반을 찾아갔을 때.

교실에 들어갈까 말까 할 때 썬에게서 메시지가 와서 알 수 있었다.

"사잔카에게서도 들었거든? 너는 금요일에 교실에서 꽤나 교정 쪽을 신경 써서 보고 있었다고. 그건 일루미네이션이 정리되지 않았는지 확인하고 싶었던 거지?"

"정말로 죠로는 배려심이 없네~"

"프리뮬러, 처음에 말했지? 솔직하게 대답해 달라고."

"체엣…. 알았어."

어딘가 툴툴거리는 기색으로 시선을 삐딱하게 돌리며, 프리뮬러가 중얼거렸다.

"맞습니다요~! 나는 일부러 일루미네이션 정리 지시를 하지 않았어! …그 이유는 내 입으로 말하는 편이 좋을까? 아니면 죠로가 말할래?"

"코스모스 회장이 싫어서 심술을 부린 거겠지? 그리고 사잔카의 소문은…."

이것도 썬에게서 들은 정보인데, 소프트볼부는 곧잘 코스모스와 다툼이 있었던 모양이다. 마지막 하교 시각이 지나도 연습을 계속하고, 그때마다 코스모스에게 주의를 들었다나.

이전에 프리뮬러가 말했던 '야구부에게는 주의를 주지 않는데, 소프트볼부에게는 주의를 준다'의 이유는 이것. 말하자면 룰을 지키지 않았으니까.

하지만 룰이라고 해서 세상이 다 납득하는 건 아니다.

그러니까 프리뮬러는 그 앙갚음으로….

"백 점 만점! ……까지는 안 되지만, 대충 정답이야!"

"무슨 소리지?"

"죠로. 자기 입장에서 생각해 볼래? 너는 상대가 싫다는 이유만으로 심술을 부려? 심술을 부리려면 사실 필요한 것이 있는데, 그게 뭔지 알겠어?"

심술을 부리기에 필요한 거라고? 그런 건….

"대의…명분…입니까?"

"오! 아스나로, 정답! 그럼 특전으로 순서대로 설명해 주지!"

뭐어? 무슨 소리야? 심술을 부리는 데에 왜 대의명분이 필요해?

"일단 내가 학생회장을 싫어하는 건 정답. 그 사람, 짜증나잖아. 나랑 이름이 같은데, 성격은 정반대. 무진장 성실하고 항상 '룰이니까 시간은 지켜라'라잖아. 조금 정도 융통성 좀 부려 달라고. …참고로 나 말고도 같은 생각인 사람, 제법 있으니까."

"그래, 알고 있어."

와사비 선배가 말했으니까. '아키노는 적이 많다. 특히 여자 하급생에게'라고.

그 외에도 내가 모르는 곳에서 코스모스에 대해 적의를 가진 학생은 얼마든지 있겠지.

"그러니까 소문을 퍼뜨렸지? 코스모스 회장에 대한 심술로, 있지도 않은 소문을…."

"…그러니까 아니라고…."

프리뮬러가 꽤나 조용한 목소리로 내 말을 부정했다.

마치 겁먹은 듯한… 그런 목소리로.

"…저기, 죠로. 소문이라는 게 어떻게 흐르는지 알아?"

지금까지 들었던, 꽤나 장난스러운 느낌의 목소리와도 차가운 목소리와도 전혀 다른, 공포와 후회가 뒤섞인 복잡한 목소리가 소프트볼부의 동아리방에 조용히 메아리쳤다.

"아, 아니… 몰라."

"다들 정의의 용사가 되고 싶어 해. 특히나 강한 악역을 두들겨 패는 정의의 용사가."

뭐? 그거랑 소문이랑 무슨 관계지?

"그냥 푸념이었어…. 요란제 준비 기간 중에 우리가 하교 시각을 지키지 않으며 작업하고 있으면, 항상 학생회장이 주의를 주러 오거든. 같이 주의 받은 애랑 '자기도 남아 있었으면서'라든가, '집이 부자라고 너무 나댄다'라는 이야기를 했어."

뭐, 그 정도 말이 나와도 부자연스럽지는 않지만….

"상대에게 불평을 할 때, 그 전에 자기를 정당화해. …그리고 그걸 위해 상대의 잘못을 찾아. 없으면 억지로 만들어. 그 성실한 학생회장의 경우는 그게 '집이 부자'였던 거야. 딱히 우리 집이 평범하니까 질투하는 건 아니거든? …아니, 어쩌면 질투일까? 아하하…. 나도 모르겠네…."

집이 부자인 건 잘못이 아닐 텐데… 거기에 억측을 억지로 덧붙이면, 뭐, 나쁘게 말하려면 할 수도 있겠지만.

"그런 생각을 하는데, 타이밍 좋게 내가 생각하던 것과 같은 소문이 도는 거야. 내가 쵸로에게 말했던 그거. 그때는 내심 기뻤어. 학생회장에게도 결점은 존재했다. 역시 나는 잘못하지 않았다. 라는 식으로."

"뭐? 소문을 흘린 사람은 네가 아니…라고…?"

"나도 그걸 알았을 때는 놀랐어…."

어이어이, 설마….

"전혀 몰랐어. **내가 소문의 시작점이었다니.** …하지만 내가 친구와 이야기했던 푸념이 누군가의 귀에 들어가서 퍼지고, 서서히 악화돼서 그런 소문이 된 거야. 그것도 모른 채, 우리가 말했던 게 사실이었다고 생각하며 신이 난 거야. 사잔카의 소문도 똑같아. 그냥 친구랑 이야기 좀 하다가…."

"하지만 그런 밑도 끝도 없는 이야기를…."

"신용은 100퍼센트가 아니면 안 되지만, 의혹은 1퍼센트면 충분해."

그건… 맞는 말일지도 모른다.

과거에 내가 초등학생 때 일어난 도난 사건.

그때 그 애도 아주 약간의 의혹 때문에 순식간에 범인으로 몰렸다.

단 1퍼센트의 의혹을 억지로 100퍼센트로 만들어서….

"그래서 최종적으로 소문을 믿은 내가 행동했어. '못된 짓을 하는 학생회장을 혼쭐내 준다'는 대의명분으로, 일부러 일루미네이션을 정리하지 않았어. …그다음부터는 네가 생각한 대로야."

그런, 건가….

"잘못이라는 걸 알면서 잘못을 행하는 건, 절대적인 안전권에 있을 때든가, 자기가 옳다고 믿지 않으면 안 될 때야. …뭐, 그러지 않은 녀석도 다소 있지만."

그건 나데시코도 마찬가지였지…. 탄포포에게 심술을 부렸지만, 그 전에 '탄포포가 얼마나 남에게 폐를 끼치는지 가르쳐 주기 위해서'라는 대의명분이 있었다.

프리뮬러는 코스모스에게 적의를 가지고 있었지만, 악의는 없었다.

프리뮬러로서는 어디까지나 제재로 한 심술이었다. 계기가 된 소문은 우연히 떠들었던 내용이 남의 귀에 들어가서 꼬리에 꼬리가 붙어 학교 안에 만연하게 되었다.

그리고 자기가 퍼뜨렸다는 걸 깨닫지 못한 채로, 소문을 믿은 프리뮬러는 행동을 개시했다.

자기 이외에도 코스모스에게 울분이 쌓인 녀석은 있다.

그 녀석들의 영웅이… 강한 악역을 해치울 수 있는 정의의 용사가 되기 위해.

단 1퍼센트의 의혹을 자기 안에서 100퍼센트로 바꾸고….

"저기, 어떻게 알았어? 자신이 소문을 퍼뜨린 장본인이란 걸."

나는, …이것도 썬에게 들은 정보인데, 코스모스 회장의 소문을 퍼뜨린 것이 프리뮬러라는 걸 알았기에 이 녀석을 찾아왔다.

하지만 이 녀석은 자신이 소문을 퍼뜨렸다는 걸 깨닫지 못했다. 그럼 어떻게….

"내가 지시를 내리지 않았더니 그런 일이… 일루미네이션이 없어지는 사건이 일어났으니까, 저기… 무서워져서 조사했어.

누가 그 학생회장의 소문을 퍼뜨리기 시작했는지를. 그랬더니 소문을 퍼뜨린 사람의 정체가….”

자기 자신이었던 건가….

“이렇게 될 줄은, 생각 못 했어! 나는 내 푸념을 내 안에 담아 둘 생각이었어! 그, 그런데, 어느 틈에 끝없이… 학교 전체에 퍼져서….”

평소에는 표표한 태도인 프리뮬러가 떨리는 자기 몸을 끌어안았다.

학교 전체에 악의가 만연하는 모습이 이 녀석은 무엇보다도 두려웠겠지.

“미, 믿어 주지 않더라고. 소문을 믿는 사람에게 ‘그냥 내가 생각 없이 투덜거린 것뿐이니까’라고 말해도 ‘코스모스 회장에게 매수당했냐?’라는 소리를 하더라니까. 몇 번이나, 몇 번이나, 정말 많은 사람들에게 말했는데, 아무도 믿어 주지 않아. … 그래서 깨달았지. 이제 내가 어떻게 할 수 없다고….”

그러니까 ‘소문’이란 건 무섭다. 한 번 퍼지면 아무도 막을 수 없다.

설령 그것이 당사자라고 해도.

“…저기, 죠로. 가르쳐 줄래? 왜 소문은 믿으면서, 사실은 믿어 주지 않는 거지?”

“…듣기 싫은 진실보다는 듣기 좋은 거짓이 받아들이기 쉬운

법이야."

"그런가…. 그래. …나도 처음에는 그쪽에 있었으니까…."

프리뮬러가 마치 매달리는 듯한 시선으로 나를 보았다.

그 눈동자에는 '도와줘'라는 마음이 담겨 있는 듯했다.

"고마워. 계속 아무한테도 말할 수 없었는데, 말하니 마음이 편해졌어."

"딱히 나는 널 돕기 위해 행동한 게 아냐. …애초에 어떤 사정이 있든지 네가 한 짓은 용서할 수 없어."

"하하하…. 역시 죠로는 배려심이 없어. …하지만 그래…."

설령 내가 용서하지 않더라도, 프리뮬러로서는 어깨의 짐을 조금 던 거겠지.

방금 전과 비교해서 아주 조금 후련해진 표정을 하고 있었다.

"…미안해. 전부 내가 잘못한 건데, 나는 옳다고 믿고 싶어서 억지로 악역을 만들고 정의로운 척했어. 그렇게 더 못된 짓을 했어. 그랬더니 이렇게 됐어. 정말로 미안해. …학생회장이랑 사잔카에게도 제대로 사과할 생각이야…."

혹시 그래서 프리뮬러는 교무실 앞에 있었던 걸까?

그냥 코스모스가 신경 쓰여서가 아니라, 사죄를 하기 위해서….

"이번 일로 절절히 생각했어. …인간이란 무서워."

프리뮬러도 충분히 깨달았겠지. 아슬아슬하게 평소의 태도를 지키는 것처럼 보이지만, 와해 직전이란 느낌이다.

"즈, 즉, 프리뮬러는 어디까지나 원인의 하나일 뿐이었군요….
그러니까, 죠로. 당신은…."

"그래, 아스나로, 네가 생각하는 게 맞아."

그래, 프리뮬러는 진범이 아니다.

원인을 만든 사람 중 하나이긴 하지만, 어디까지나 일루미네
이션을 정리하지 않았을 뿐.

이번 사태가 이렇게까지 악화된 계기를 만든 존재는 따로 있
다.

그리고 그 녀석의 정체는….

"진범은… '소문'. 말하자면 **니시키즈타 고등학교**란 소리야."

"…아니, 그게 진범이라면… 대체 어떻게…."

그러니까 최악의 상대다.

내가 지금까지 이 녀석 때문에 얼마나 힘들었는지는 말할 것
도 없다.

"저기, 죠로. '소문'은 분명히 이번 사건을 일으킨 진범일지도
모릅니다. …하지만 그러면 팬지의 행동은 어떻게 되는 겁니까?
이런 말은 그렇지만, 프리뮬러를 감싸기 위해 팬지가 움직였다
고는 도저히 생각되지 않는데…."

뭐, 그렇지. 팬지와 프리뮬러 사이에는 딱히 교우 관계가 없다.

아니, 가령 있다고 해도 팬지는 잘못된 행동을 용서하지 않는
타입의 인간이다.

이를테면 나나 아스나로… 아니, 도서실 멤버 중 누구든지, 프리뮬러와 같은 짓을 했다면 녀석은 감싸지 않았겠지.

그러니까 지금까지의 이야기는 어디까지나 밑준비였다.

"그래. 그러니까…."

"그러니까?"

"내가 알고 싶은 답은 이다음에 있어."

자, 시작해 볼까. 진짜… 최악의 답 맞추기를.

"저기, 프리뮬러."

"…왜?"

심술은 최종 결과를 확인해야 성공이라 할 수 있다.

그래서 나데시코는 일루미네이션을 숨긴 뒤에 탄포포가 난처해하는 모습을 보려고 그늘 뒤에서 그 모습을 엿보았다.

즉, 프리뮬러도….

"너는 일루미네이션을 정리하라는 지시를 일부러 하지 않은 뒤, 코스모스 회장을 살피러 갔지?"

"그래. 교실 작업을 도중에 내던지고, 다른 애들이랑 같이 고생하는 모습을 구경하려고 그늘에서 훔쳐봤어. …그랬더니 그동안에 그런 일이 일어났지만…."

역시나.

"그럼 한 가지 더. 코스모스 회장은 요란제 일로 바빴어. 그러니까 자기가 움직일 수 없을 경우, 전언을 부탁했을 거야. 예를 들어 이상한 곳에 아직 남아 있는 쓰레기를 정리해 달라든가 하는 식으로. 네가 살펴보러 갔을 때, 코스모스 회장이 누구랑 이야기하지 않았어?"

"뭐, 그 사람은 인기 있으니까 여러 학생들과 이야기했지만. …그러고 보니 학생회장이 각 반을 둘러보고 다닐 때, 우연히 복도에서 마주쳐서 부탁받았던 사람이 한 명 있었어. …뭐였더라? 아, 그래. '내가 가장 신용하는 네게 맡기고 싶은데…'라든가 하는 말로 시작했어. ……히마와리에게 전해 달라면서."

"그 전언을 부탁받은 사람은 누구지?"

"죠, 죠로… 설마…."

아무래도 아스나로도 나와 같은 답에 도달한 모양이다.

그래. 여기가 최종 골인 지점. …사실은 이미 알고 있었다.

팬지의 '누군가가 희생이 된다', '아직 각오가 되지 않았다'라는 말의 의미.

녀석은 결정할 수 없었던 거다. 어디까지 진실을 전해야 할지를.

그리고 우리를… 무엇보다 어떤 인물을 끌어들이고 싶지 않았다. 너무나도 커다란 이 문제에.

하지만 팬지의 행동에 대해 생각해 보면 그 인물은 반드시 진상에 도달한다.

그러니까 우리에게도 진실을 감추고, 그 인물을 계속 감쌌다.

"그야 그 애지. 우리 반이고, 너희랑만 사이가 좋은… 산쇼쿠인 스미레코야."

팬지는 히마와리에게 지시를 내렸다. …하지만 또 그 전에 한명 더 있었다.

히마와리에게 지시를 내리도록, 팬지에게 지시한 인물이.

가능하다면 아니었으면 싶었다. 틀렸으면 싶었다.

하지만 역시 내가 도출해 낸 답은 정확했군….

"그, 그랬던 거로군요. …그러니까 팬지조차도 아무것도 할수 없었고, 우리에게 진실을 말할 수 없었어요. 일루미네이션이망가지는 원인을 만든 사람은…."

아스나로가 떨리는 입술을 움직여서 간신히 말을 자아냈다.

말해야 할지, 말아야 할지, 순간 주저했지만 아랫입술을 굳게깨물고,

"코스모스 회장이었군요…."

그 이름을 작게 중얼거렸다

나를 좋아하는 건
너 뿐이냐

내게 주어진 선택지

제 5 장

우리가 도달한 답에 대해 일단 순서대로 말하도록 하지.

관련 인물이 많고 다소 복잡해 보이지만… 꾹 참고 들어 줘.

이번 사건에는 관련 인물이 상당히 많다.

이게 아무래도… 어떤 의미로는 니시키즈타 고등학교에 다니는 학생 전원이니까….

이것은 한 소녀의 푸념으로 시작되었다.

이전부터 사오토메 사쿠라(프리뮬러)는 소프트볼부의 활동 시간을 어긴 점이나 규율에서 어긋난 행동 때문에 학생회장인 아키노 사쿠라(코스모스)에게 곧잘 주의를 들었다. 어느 쪽이 옳으냐는 관점에서 보면, 대부분의 사람이 코스모스라고 말하겠지만… 이해와 납득은 다르다.

납득할 수 없었던 프리뮬러는 코스모스에 대해 적의를 품고, 있지도 않은 코스모스의 결점을 지어 내어 친구에게 푸념을 늘어놓았다.

그러자 그 푸념이 다른 학생의 귀에 들어가고 꼬리에 꼬리를 물면서 소문이 퍼진 결과, '코스모스는 집안의 금전을 이용해 비겁한 행위를 하고 있다'는 소문이 교내에 만연하게 되었다.

그게 자기가 퍼뜨린 소문이라는 걸 깨닫지 못한 채 영향을 받은 프리뮬러는 지금까지의 울분을 풀기 위해… 코스모스에게 울분이 쌓인 다른 학생들의 불만을 해소하기 위해, 개인적으로 벌을 주는 것과 비슷한 형태로, 원래는 소프트볼부가 해야 했던 일루미네이션 정리 작업의 지시를 후배에게 내리지 않음으로써 그것이 정리되지 않도록 의도했다.

그다음 순서로는 정리되지 않은 일루미네이션을 발견한 카마타 키미에(탄포포)가 자신이 정리하려고 자루에 넣었지만, 도중에 야구부의 시바가 부르는 바람에 일단 그 자리를 떴다.

그리고 이전부터 야구부 안에서 자유분방하게 행동하는 탄포포에게 분개하던 아카이 나데시코가 여기서 혼쭐이 나면 지금까지의 자기 행동을 돌아볼 거라는 판단으로, 탄포포가 잠시 그 자리를 떠난 틈을 타 일루미네이션이 든 자루를 풀장 근처의 화단에 숨겼다.

그 뒤에 풀장 근처 화단에 숨겨진 자루에 담긴 일루미네이션은 교내를 돌아보던 코스모스의 눈에 띄고 쓰레기로 오인했다.

하지만 코스모스는 요란제 일로 바빴다. 도저히 시간이 없었다.

그래서 코스모스는 교내를 둘러보던 도중에 우연히 만난 산쇼쿠인 스미레코(팬지)에게 '테니스부 활동 도중에 여유가 나면 정리해 달라고 히나타 아오이(히마와리)에게 전해 줄 수 있을까?'라고 전언을 의뢰했다.

그 의뢰대로 팬지는 코스모스의 전언을 히마와리에게 전했다.

마지막으로 히마와리가 풀장 근처 화단으로 가서, 자루에 들이 있는 게 일루미네이션인 줄 모른 채 버리는 바람에, 일루미네이션이 망가졌다.

일루미네이션이 망가지면서 지금까지 전통 행사로 반드시 열렸던 등화식 개최가 곤란해지고, 요란제가 중지될지도 모르는 사태가 되었다.

이상이 이번 소동의 진상이다.

…모든 것이 우연이었다. 각자의 의도가 예상 밖의 방향으로 흘러간 결과… 아무도 바라지 않던 최악의 상황을 낳았다고 해도 좋겠지.

이번 사건의 가장 귀찮은 점은 명확한 '악'이 존재하지 않는다는 것.

물론 문제 있는 행동을 한 인물도 있다.

하지만 그 인물에게 모든 책임이 있냐 하면, 그렇지 않다.

가장 귀찮은 존재는 지금 학교 안에 만연한 '소문'.

1퍼센트의 의혹이 학교 안에 퍼져서, 이런 큰 사건을 일으킨 것이다.

또한 '소문'의 힘으로 본래는 아님에도 불구하고 거짓 '악역'으로 존재하게 된 것이 내 소꿉친구인 히마와리다.

물론 팬지나 코스모스를 지키기 위해 히마와리가 '내가 했다'고 나선 것이 큰 요인이기도 하지만, 상황을 더욱 악화시킨 것은 역시 '소문'이다.

차례로 소문이 부풀려지면서, 지금 히마와리의 상황은 최악이 되었다.

자, 그런 사건도 슬슬 끝을 향하고 있다.

진실을 모두 안 나의 행동.

그리고 모든 행동의 결과로, …내가 잃게 될 어떤 인물과의 인연.

그 녀석이 누구인지는… 앞으로 알게 될 테니까 조금만 더 나와 어울려 줘.

※

"들어, 오세요…."

문을 노크하자 들리는 부드럽고 온화한… 힘없는 목소리.

듣고 싶었지만… 듣고 싶지 않았어….

""실례하겠습니다.""

그런 복잡한 마음으로 학생회실 문을 열자,

"여, 여어…. 죠로와 아스나로잖아."

학생회장인 코스모스. 그리고 와사비 선배를 포함한 몇몇 학생회 임원들이 있었다.

"무슨 일, 있어?"

야윈 얼굴, 눈 밑의 기미, 완전히 지쳐서 힘없는 미소. 아름다운 얼굴이 못쓰게 됐다.

그래…. 우리가 이것저것 조사하는 동안, 코스모스는 그 이상으로 고생했다.

망가진 일루미네이션. 개최할 수 있을지 알 수 없는 요란제. 학생과 교사에 대한 대응.

아무리 슈퍼 학생회장이라고 해도 한계는 있다.

"저기, 괜찮습니까? 꽤 지친 것 같은데…."

"하하…. 괜찮, 아…. 아직 할 일은 많이 있으니까. 이 정도로 약한 소리를 하고 있을 순 없지."

왜 나는 코스모스가 이렇게 힘들 때 같이 있을 수 없을까….

"그래서 두 사람은 무슨 일로?"

"어어, 그게 말이죠…! 죠, 죠로…."

옆에 선 아스나로가 코스모스의 질문에 대답하지 못하고, 매달리는 눈동자로 나를 바라보았다.

지금까지 어떤 상대에게도 단도직입적으로 질문하던 아스나로가 이런 꼴이다.

하지만 그 마음은… 잘 알아.

왜냐면,

"코스모스 회장, 요란제 개최는 어떻게 될 것 같습니까?"

나도 같은 마음이니까.

그러니까 본론으로 들어가지 않고 어중간한 질문을 할 수밖에 없었다.

"그래. 일루미네이션이 망가진 이상, 이대로는 개최할 수 없어. 그러니까 중지하자는 게 교사 측의 의견이었지만, 어떻게든 교섭을 해서… 연기라는 형태로 타협했어."

"연기, 입니까?"

"응. 과거에 폭우 예보가 있었을 때와 같은 대응이지만, 예정 대로 개최하지는 않고 조금 기간을 두는 거야. 처음에는 별로 좋은 반응이 아니었지만, 그 전례도 있고 이런 일도 있지 않을까 싶어서 설정해 둔 예비일 덕분에 살았어."

예비일이라. …그런 것까지 준비하다니 정말로… 대단하다.

"…다만 그 예비 개최일까지 일루미네이션을 준비할 수 없을 경우에는, 그때야말로 진짜로 요란제가 중지되겠지만… 그건 내가 어떻게든 조달해 볼 예정이야!"

뭐야, 그게….

지금까지 계속 고생해 왔는데, 또 혼자서 고생을 짊어지려고?

"저기, 코스모스 회장. 그건 우리도 뭔가 도울 수…."

"괜찮아. 이건 학생회장으로서 내가 해야 할 일이니까."

학생회장으로서라. 코스모스가 흔히 하는 말 중 하나지.

"아키노가 조달인…가. 분명히 아키노라면 할 수 있을지도 모르…지."

코스모스와 조금 떨어진 장소에 앉은 와사비 선배가 살짝 웃으며 그렇게 말했다.

"그래, 물론 어떻게든 하겠어. ……조금 어렵겠지만."

와사비 선배의 말에 대답하는 동시에 흘러나오는 약한 말.

저기, 코스모스. 사실은 지친 거지? 누군가의 도움이 필요한 거지?

왜 솔직하게 말하지 않는 거야⋯ 이 바보야.

"저기, 코스모스 회장. 이번 일에서 제일 힘들었던 점은 무엇입니까?"

내 질문에 대답하기 위해서일까. 힘없는 동작으로 애용하는 핑크색 노트를 코스모스가 펼쳤다.

"그래. 역시 가장 큰 난관은 예산 염출일까. 예산만 있으면 일루미네이션을 다시 살 수 있어. 다만 아무리 삭감해도 필요한 액수가 안 돼."

"⋯저기, 학교 쪽에서 추가 예산은?"

"무리였어. ⋯학교 측으로서도 어떻게든 비용을 염출해 보려고 했지만, 다른 행사와의 균형을 생각하면 도저히 불가능하다고 해. ⋯일단 지금도 검토해 주는 모양이지만⋯ 어렵겠지."

학교 행사는 요란제만 있는 게 아니까⋯.

다시 말해 추가 예산은 없다. 이쪽에서 어떻게 할 수밖에 없다는 건가.

"저기, 예정대로 개최할 방법도 있다면 있지만⋯."

"있습니까? 대체 어떻게 하면⋯."

"각 반이나 동아리에서 하는 행사를 절반 정도 중지하면 돼.

그렇게 해서 나오는 렌탈비나 자재 삭감비의 예산을 모두 일루미네이션으로 돌리면 말이지."

"그, 그건…!"

"알고 있어. 그런 건 불가능하지. 다들 요란제를 기대하고 있는데, 학생들 중 절반이 하고 싶은 걸 못 한다는 건 있을 수 없으니까. …그러니까 조금 어려워."

그 말과 동시에 노트를 덮었다.

학생회실이 조용해서일까… 메마른 소리가 잘 울리는군….

"하지만 어떻게든 하겠어! 요란제가 중지되면 히마와리가 슬퍼할 테니까! 이대로 그녀만을 악당으로 만들 순 없어!"

힘찬 그 목소리는 우리가 가장 두려워했던 말을 했다.

""…….""

역시나 그랬다…. 코스모스는 모른다…. 깨닫지 못했다….

자기가 팬지에게 부탁한 전언 때문에 일루미네이션이 망가졌다는 사실을.

그래. 코스모스가 아는 정보는 '히마와리가 일루미네이션을 착각해서 버렸다'는 것뿐.

더 정확한 '풀장 근처 화단에서 자루에 들어 있었다'라는 정보는 갖지 못했다.

이 사실을 아는 사람은 나와 아스나로와 팬지… 그리고 히마와리뿐.

녀석은 자기가 모든 것을 덮어써서 팬지와 코스모스를 지키려
고 했다.

그리고 그런 히마와리의 마음을 이해했기에, 자신도 코스모
스가 소중하기에, 팬지는 어째야 좋을지 몰라서, …아무것도 할
수 없었다.

"그런데 두 사람의 용건은 그것뿐이야? …미안하지만, 지금부
터 학생회가 내일 아침에 열 예정인 임시 전교 집회를 위해 회
의를 해야 해서. 저기, 도저히 너희와 이야기할 시간이…."

"전교 집회, 입니까?"

"이대로 요란제를 개최할지 말지 모르는 채로 모두에게 준비
를 시킬 수는 없잖아? 그러니까 일단 학생들에게 요란제를 연
기한다는 것을 전달하는 자리를 갖기로 했어. 이 교섭은 비교적
간단히 끝났으니까 다행이야."

이런…. 이건 일이 귀찮게 되었군.

"죠로, 그러면 우리에게 남은 시간은…."

"그래, 알고 있어…."

내일 전교 집회. …그게 모든 것의 타임 리밋이다.

피폐해진 지금의 코스모스로서는 설령 연기한다고 해도 얼마
안 되는 시간 동안 예산을 염출할 방법을 찾을 순 없다. …실질
적으로 중지나 마찬가지다.

즉, 혹시 이대로 전교 집회가 열리면… 히마와리를 구할 수 없

다.

"시간? 너희는 뭘 하려는 걸까?"

이런. 들리지 않도록 말할 생각이었는데, 들려 버렸나.

"아, 아뇨! 그렇게 중요한 건 아닙니다! 그러니까 신경 쓰지 마세요."

"그렇죠! 죠로의 말이 맞습니다!"

"후훗. 그렇게 말하니 더욱 궁금해지네. 너희는 뭘…."

"아키노. 이 이상 잡담으로 낭비할 시간이 있…나?"

"웃, 그렇지…."

위험했다…. 와사비 선배가 끼어들어서 살았다.

"그럼 죠로, 아스나로. 좋은 이야기를 들려주지 못해서 미안했어. 다음에 좀 진정되면 도서실에서 만나자. …물론 그때는 히마와리도 함께."

"네. …그렇게, 해요…."

피폐해졌어도 강한 결의가 담긴 코스모스의 목소리.

그걸 들으면서 나와 아스나로는 학생회실을 뒤로했다….

"어쩌죠…. 설마 이렇게 되다니…."

복도를 나란히 걷던 아스나로가 약한 소리를 흘렸다.

이번 사건을 좇는 동안 계속 강한 모습이었는데, 역시나 이건 타격이 세지.

"저는 신문부입니다. 그러니까 교내의 모두에게 진실을 전할 의무가 있다고 생각했습니다. 하지만 이 진실을 전해도…."

아무도 행복해질 수 없다. 그저 모두의 울분이 늘어날 뿐이다.

"죠로…. 저기, 책임을 떠넘기는 질문 같아서 미안하지만, 당신은 어떻게 생각합니까?"

"그래…."

지금 우리에게 주어진 선택지는 세 가지.

진실을 누구에게도 전하는 일 없이 내일 전교 집회를 맞아서 히마와리를 희생하는 방법.

진실을 어중간하게 전하면서 내일 전교 집회를 맞아서 팬지를 희생하는 방법.

모든 진실을 전하면서 내일 전교 집회를 맞아서 코스모스를 희생하는 방법.

당연하지만, 어느 것이고 '따라서 기각'이다. 이유 따윈 설명할 것도 없어.

하지만 그건 어디까지나 이상론.

내가 이 중에서 반드시 뭔가를 택해야 한다면….

"역시 솔직히 전부 전하는 편이 좋을지도…."

괜한 정의감이란 건 안다. 하지만 사실을 전해야 하지 않을까?

그렇게 생각하자….

"죠로! 그건…! 코, 코스모스 회장이…."

"알아. 그러니까 그렇게 되었을 때 나는 절대로 코스모스 회장의 곁을 떠나지 않겠어. 아무리 그 사람이 우리에게서 거리를 두려고 해도, 반드시 말이야. 그걸로 조금이라도…."

"너희는 무슨 이야기를 하고 있는 거…지?"

응? 지금 목소리는….

"와사비 선배. 왜 여기에? 지금부터 전교 집회를 위한 회의가…."

"나는 별개 행동이…다. 자재 문제를 재조사하고 싶어서 말이…다."

꽤나 두꺼운 바인더를 든 와사비 선배가 일그러진 웃음을 띠었다.

"그럼 왜 여기에?"

"훗…. 너희에게 전할 것이 있어서 말이…지."

자신감과 확신으로 흘러넘치는, 힘 있는 웃음.

이만큼 학교 상황이 안 좋은데, 이 사람만큼은 항상 여유를 가신 깃처럼 보인다.

"전할 것, 입니까?"

"아무래도 너희는 아키노를 걱정하는 모양이니…까. 아키노가 말하지 않았던, 녀석의 현황에 대해 전해 줄까 싶어…서.

"코스모스 회장의 현황?"

그게 뭐지? 아까 들은 이야기가 전부가 아니었어?

"미리 결과만 말하자면, 목이 정말 간당간당하게 붙어 있는 상황이…다. 이 이상 상황이 악화된다면… 아마도 아키노의 의대 추천 이야기는 날아갈 거…다."

"네, 네에?! 왜 그렇게 되는 겁니까?!"

요란제와 코스모스의 추천 이야기는 관계없잖아!

저번에 코스모스는 기쁜 듯이 말했잖아? 자기는 의대에 추천으로 합격할 수 있을 것 같다고. 그러니까 앞으로도 도서실에 올 수 있다고!

"교내에서 일어난 큰 문제를 해결하지 못하는 학생회…장. 당연하지만 대학에서는 좋게 보지 않는…다. 사람의 생명을 다루는 의사를 목표로 하는 자가, 물건 관리조차 게을리 한다면 논외겠…지?"

"그렇다고…."

지금까지 계속 코스모스가 3년 동안 해 온 노력.

그 노력으로 얻어 낸 권리가 단 한 번의 사건으로 날아간다고?

"왜 이번 일만으로 판단하는 겁니까?! 코스모스 회장은 지금까지 계속 학년 1위의 성적을 유지하고, 성격도 엄청 좋고, 착하고…."

"대학은 너만큼 아키노에 대해 아는 게 아니…다. 어디까지나

서류와 잠깐의 면접뿐이…다. 그걸로 모든 것을 아는 건 무리가 있는 얘기겠…지?"

"그건…! 그럴지도 모르지만…."

"물론 녀석 자신도 그렇게 되고 싶지 않으니까, 지금 필사적으로 행동하고 있…다. …그래도 그건 부수적이고, 본심은 그저 친구를 돕고 싶다는 마음이겠…만."

알고 있어, 코스모스는 그런 녀석이야.

자기 일보다 남을 우선하고… 지금도 필사적으로 히마와리를 도우려고… 그런데 진실을 다 털어놓아서 그런 녀석을 희생해야만 하나?

게다가 여기서 코스모스의 진실이 공개되면 요란제만이 아니라 추천 입학까지….

"그럼 나는 슬슬 가…지. 각 동아리만이 아니라 각 학급에도 확인을 해야 하니…까. 너희도 일이 있으면 아키노가 아니라 나에게 연락해…라."

"아, 네. 알겠습니다…."

나시믹에 잠깐 이야기한 뒤에 와사비 선배는 꽤나 두꺼운 바인더를 소중히 품에 안고 그 자리를 떴다.

"죠로, 코스모스 회장의 추천이 날아가다니…. 그런 건…."

아스나로가 당장이라도 울 것 같은 목소리를 냈다.

스마트폰을 꺼내 시간을 확인하니, 현재 시각은 18시.

원래 앞으로 30분 뒤면 마지막 하교 시각을 맞지만, 지금은 다행스럽게도 요란제 준비 기간.

코스모스가 마지막 하교 시각을 20시까지 연장해 준 덕분에 아직 더 움직일 수 있다.

그럼 끝까지 할 수 있는 일을 해 봐야겠지.

정말이지 꽤나 긴 하루가 되겠어….

※

학생회실을 뒤로한 우리는 조금 다른 곳을 들른 뒤에 우리 교실로 돌아왔다.

거기서 교실 안의 상황을 확인하니… 다행이다. 있어서 다행이야, …히마와리.

"…영차…."

혼자서 교실 구석에서 묵묵히 작업하는 모습을 보기만 해도 가슴이 아파 왔다.

정말로 지금까지 많이 애썼어….

"…히, 히마와리, 잠깐 괜찮겠습니, 까?"

내가 감개에 젖어 있는 사이에 아스나로가 움직였다.

애용하는 빨간 펜을 쥐고 떨리는 목소리로 그 이름을 불렀다.

제발 도망가지 말아 줘. 그런 마음이 담겨 있겠지.

"……! 뭐, 뭐야? 저기, 난 할 일이 있으니까….'

"이제 됐습니다. 혼자 있지 않아도."

"아, 안 돼! 난, 모두에게 폐를….'

"팬지와 코스모스 회장… 말이죠?"

"……! 아, 아스나로….'

우리가 진상에 도달했다는 걸 증명하는 말.

그 말을 아스나로가 꺼내는 것과 동시에 히마와리의 눈이 커졌다.

지금까지 혼자 품고 있었던 것에서 해방되어 안심한 것처럼, 그러면서도 알려졌다는 절망감을 품은 복잡한 표정이었다.

"아, 아냐! 전부, 내가 잘못했어! 내가 제대로 확인했으면….'

"그건 다른 사람에게도 할 수 있는 말입니다. 그러니까 이제 혼자서 끌어안고 있지 마세요."

아스나로의 말이 맞다. 이번 사건은 누구든 딱 한 명이라도 확인하면 되는 일이었다.

그러니까 결코 그건 히마와리 혼자만의 잘못이 아니다.

어디, 그럼… 나도 히마와리와 얘기하고 싶지만, 그 전에….

"저기, 아루후와, 베에타."

우리 반의 요란제 실행위원과 이야기를 해야지.

"왜 그러지, 죠로? 조사는 끝났나?"

평소처럼 카비라 씨 흉내가 없는 것이 아루후와의 심경을 잘 보여 주고 있었다.

분명 히마와리가 걱정되는 거겠지.

"뭐, 나름대로. …그래서 말인데, 이제부터 하는 말은 비밀 정보니까 최대한 발설하지 말아 줬으면 하는데…."

그리고 나는 두 사람에게 설명했다. 이대로 가다간 요란제가 연기라는 이름으로 중지된다는 것.

그걸 막으려면 어떻게든 일루미네이션을 입수할 예산이 필요하다는 것.

다만 코스모스 회장은 그 방법을 찾지 못해서 고전하고 있다는 것.

일루미네이션 파손의 진실 외에는 요란제에 대해서 다 말했다.

"그렇게 되었나…."

"그래. 그래서 이 정보를 가르쳐 주는 대가라고 할 건 아니지만, 히마와리를 잠깐 작업에서 빼도 될까? 녀석, 계속 일루미네이션 때문에 마음 고생하는 모양이니까."

"물론이지! 역시 우리로서는 히마와리가 기운 나게 할 수 없으니까! 여기서는 소꿉친구의 힘을 빌리도록 하지!"

…고마워, 아루후와. 계속 내 부탁을 들어줘서.

"죠로, 그런데 지금 이야기 말인데, 우리… 축구부 멤버에게도 전하면 안 될까? 녀석들도 준비에 애쓰고 있으니까…."

"아… 거기까지라면 상관없지만, 녀석들에게도 아까 내가 말한 것처럼…."

"물론 입막음은 할 테니까 안심해 줘!"

그 말을 듣고 안도했어.

"그럼 문제없어."

"응! 고맙다!"

"아니, 이쪽이야말로 계속 자유롭게 움직이게 해 줘서 고마워. 그럼 나는 갈게."

자, 이걸로 히마와리와 얘기할 시간은 손에 넣었다.

그럼 이번에야말로 나도 히마와리에게 가 볼까.

마지막으로 이야기한 건 오늘 점심시간 직후. 그런데 꽤나 오랜만이라는 기분이다.

평소에는 아침부터 함께 있기 때문이겠지….

"…죠로…."

눈물을 글썽이며, 견딜 수 없어진 것처럼 히마와리가 내 이름을 불렀다.

하고 싶은 말은 많이 있다. 전하고 싶은 것도 있다. …하지만 제일 먼저 무슨 말을 하지?

평범하게 말하는 것도 멋이 없으니.

아, 그래. 그럼….

"좋은 아침, 히마와리."

그렇게 말하며 나는 **히마와리의 등을 가볍게 때렸다.**

"……! 죠로… 죠로…."

히마와리의 두 눈에서 뚝뚝 눈물이 흘러내렸다.

정말이지 너는 대단해.

"참나, 힘들었어. 네가 아무 말도 안 하니까."

"어떻게? …어떻게, 알았어? 어떻게, 믿어 줬어?"

"예전… 초등학생 때 씰 사건, 기억해?"

"어? 씰 사건?"

"그 애가 범인이라고 몰려서 다들 심한 소리를 했잖아? 그때
나는 아무것도 할 수 없었어. …하지만 너는 아니었지. 그 애가
지쳐서 '내가 범인이다'라고 말해도, 그 애를 계속 믿고 마지막
에는 사건을 해결했잖아?"

"아…. 으, 응…."

그러니까 나는 너를 동경했어. 돕고 싶다고 생각했어.

나도 설령 히마와리 본인이 '범인이다'라고 말해도, 끝까지 계
속 믿고 싶었어.

"그때의 히마와리랑 같아. 내 소꿉친구는 조금 바보지만, 이
유도 없이 이상한 짓을 하지는 않는다는 걸 내가 누구보다도 잘
아니까."

"우, 우우우…! 죠로, 고마워…."

평소처럼 난폭하게 안기는 게 아니라 조심스럽게, 그러면서도

힘주어서 히마와리가 내 교복 소매를 엄지와 검지로 꾹 잡았다.

평소와 다른 감촉이지만, 어째서인지 평소보다 훨씬 기뻤다.

"아무튼 일단 작업은 그만둬… 할 이야기가 좀 있어."

"아, 하지만, 나, 테니스부 쪽이…."

"그쪽이라면 괜찮아. 아까 테니스부 부장하고 좀 이야기했으니까. 히마와리는 오늘은 테니스부 작업을 돕지 않아도 된대."

아루후와와 베에타에게 했던 것과 같은 설명을 테니스부 부장에게도 했으니까.

"어? 하지만, 나는…."

"뭐, 자세한 건 나중에 설명할게. …그럼 아스나로. 잠깐 히마와리를 부탁해도 될까? 나는 다른 한 녀석에게도 말을 붙이고 올 테니까."

"네! 맡겨 주세요! 그럼 히마와리, 같이 정리하죠! 자, 얼른, 얼른!"

아스나로는 밝게 말했지만, 그게 허세라는 건 금방 알 수 있었다.

우리는 아직 이 사건을 해결할 수 있다고 단언할 수 있는 상황이 아니다.

오히려 절망적인 상황인 상태다. …다만 그래도, 간신히 히마와리와 함께 지낼 수 있다. 그게 기쁘다는 사실만큼은 전혀 변하지 않을 터.

그러니까 아스나로는 웃었다. …정말로 오늘 하루 종일 같이 다녀 줘서 고마워.

아직 더 고생을 해야겠지만, 앞으로도 잘 부탁해.

※

"…아, 죠로…다."

"여어, 히이라기. 그리고… 팬지."

우리 반을 떠난 내가 향한 곳은 당연하지만 팬지네 반.

거기서 방금 전에 아루후와나 베에타에게 말했던 내용을 이 반의 요란제 실행위원… 그리고 계속 걱정하던 프리뮬러에게 전해 마찬가지로 팬지와 얘기할 시간을 얻었다.

다만 조금 문제가 있다면….

"이, 이쪽에 오면 안 된다! 팬지를 괴롭히는 건, 용서하지 않겠다!"

히이라기의 이런 태도다.

아무래도 본인 나름대로 팬지를 열심히 지키려는 모양인지, 겁먹은 기색으로도 어조가 '억지로라고 애써야 한다' 모드로 들어갔다.

그게 기쁘기도 하고, …조금 곤란하기도 하군.

"딱히 나는 팬지를 괴롭히러 온 게 아니까 안심해. 그저 잠시 할 말이 있을 뿐이야."

"그, 그럼 내용을 먼저 나에게 전하는 거다! 그리고 1년 정도 내용을 음미한 뒤에 그 뒷일을 츠바키에게 의논해 판단할 거다!"

기간이 너무 긴 데다가 결국은 츠바키에게 맡기냐.

"다 같이 사이좋게 지내기 위한 이야기를 하고 싶어. 그러니까 히이라기, 팬지랑 이야기를 좀 하게 해 주겠어?"

"다, 다 같이 사이좋게? 저, 정말이지? 정말로 다 같이 친하게 지낼 수 있어?"

아, 어조가 돌아왔다. 하지만 아직 망설이는 모양이군.

벌벌 떠는 모습 그대로, 나와 팬지를 번갈아 힐끗힐끗 확인했다.

"…알았어…. 다 같이 사이좋게 지낼 수 있다면… 그쪽이 좋아…."

"고마워. 역시 히이라기는 믿을 만해."

"나, 믿을 만하지 않아…. 팬지, 슬퍼하고 있어…."

그렇지 않아, 히이라기. 너는 충분히 믿을 만해.

곁에 있어 주는 것만으로 팬지는 분명히 기뻤을 테니까.

…그럼 히이라기의 허가도 내려졌으니 이번에야말로 팬지와 이야기하도록 할까.

"……이미 다 알아 버린 거네…."

눈이 마주치자, 담담한, 그리고 낙담한 목소리를 팬지가 흘렸다.

내가 진실에 도달한 것을 기뻐해야 할지, 아니면 탄식해야 할지 망설이는 목소리였다.

"그래. 아니, 도서실에서 나온 시점에서 어렴풋이 알아차리긴 했어."

"그럴 거야. …아스나로도 조금 더 연극 연습을 해야 해."

"…알고 있었어? 아스나로가 일부러 화냈다는 걸…."

"아스나로는 진짜로 감정을 폭발시킬 때 어조가 변하잖아?"

그렇지. 사투리가 아니었으니, 연극이라는 걸 알아차린 건가….

아무리 약해져도 눈치는 여전하군.

"그럼 단도직입적으로 용건을 말하겠는데, 지금부터 나랑 같이 다시 도서실에 가 줘. …거기서 히마와리랑 아스나로가 기다리고 있으니까."

"헉! 아, 아스나로도 있어?"

응? 팬지가 반응하나 싶었는데, 히이라기가 몸을 부르르 떠는군.

대체, 왜….

"팬지한테 소리 지르는 거 싫어! 오늘 아스나로, 아주, 아주 무서웠으니까 가면 안 돼!"

아, 그런가. 아스나로가 화난 척한 걸 팬지는 알아차렸지만, 히이라기는 몰랐나….

"아, 히이라기. 가능하면 너도 같이 와 줬으면 하는데…."

실은 팬지와 아스나로 문제에서 최대의 피해자는 싸움에 휘말린 히이라기고.

아스나로, 제대로 사과하고 싶다고 그랬지.

"나, 나는. 여기서 팬지와 여생을 보내는 중요한 일이 있어!"

그 여생, 하교 시각과 동시에 끝나는데 괜찮냐?

"히이라기, 나는 도서실에 갈래. 죠로가 꺼낸 이야기니까."

팬지의 허가도 얻었군. 좋아, 이걸로 준비는 다 됐다….

다음은 우리의 대화가 잘 풀리느냐인데… 그건 도박이다.

"으! 으으으… 알았어…. 그럼 나도 같이 갈래! 팬지, 혼자 둘 순 없어!"

겁먹으면서도 자기가 팬지를 지키고 싶다는 마음만큼은 흔들림 없는 모양이다.

전에 노점 리허설을 했을 때는 바로 도망쳤지만, 이번에는 도망치지 않는군.

히이라기의 그런 커다란 성장이 꽤나 기뻤다.

"호, 혹시 무슨 일 있을 때는 내가 모든 힘을 다해서 팬지를 지킬 테니까 안심해 줘! 나한테는 비책이 있어!"

정말로 얼마 전과 비교하면 대단히 훌륭하게….

"그린고로 일단 츠바키를 소환할게! 그러면 뒷일은 어떻게든 해 줄 거야! 나는 무서우니까 안전한 도주 경로의 확보와 응원을 담당할게!"

되지 않은 점도 다소 보이지만….

이 여자의 여차할 때도, 여차하지 않을 때도 츠바키에게 어떻게든 해 달라고 하는 정신은 어떻게 좀 안 되나….

※

시각은 18시 30분.

팬지와 히이라기를 데리고 도서실로 가자, 이미 히마와리와 아스나로가 독서 스페이스에 앉아서 우리를 가만히 바라보고 있었다.

하지만 왜 그러지? 왠지 두 사람 다 꽤나 걱정하는 표정으로 나를… 응?

저건….

"여어, 기다리고 있었어. 죠로, 팬지, 히이라기."

"코스모스… 회장…."

거기에 있던 인물의 이름을 부르는 동시에, 나는 꿀꺽 침을 삼켰다.

야윈 얼굴, 눈 밑의 기미… 학생회실에서 만났을 때와 마찬가지지만, 그다음은 달랐다.

눈동자에 강한 분노를 불사르며, 힘 있는 시선으로 우리를 바라보고 있었다….

"방금 전의 '또 도서실에서 만나자. 히마와리와 함께'라는 약속이 이렇게 빨리 실현될 줄은 생각도 못 했어…."

평소 도서실에 있을 때와는 다른, 코스모스의 분위기.

무심코 도망치고 싶어질 정도로 무섭지만, 그럴 수도 없다.

"아무튼 세 사람 다 앉는 게 어떨까?"

반발할 수 없는 코스모스의 기백에 눌려서 우리는 얌전히 지시에 따랐다.

독서 스페이스에 흐르는 긴박한 분위기.

그건 마치 코스모스의 온몸에서 흘러나오는 듯했다.

"자, 그럼 이야기를 시작할까."

우리가 앉는 것을 확인하고 코스모스가 테이블에 애용하는 노트를 펼쳤다.

"저, 저기… 코스모스 회장은, 전교 집회 회의가 있는 게…."

"방금 전에 아스나로에게도 같은 말을 들었는데… 뭐, 좋아. …간단한 이야기야. 회의는 이미 끝났어. 애초부터 내일 어떤 정보를 학생들에게 공개할지, 그 수순만 이야기하는 거였으니까. 그리 시간이 걸리지 않는 의제였어."

"그건 그럴지도 모르지만, 하지만, 왜 도서실에 일부러? 코스모스 회장은 요란제 때문에 바쁘니까…."

"그 요란제에 대한 중대한 사실이 드러나서. 꼭 좀 너희들…

특히 히마와리랑 팬지와 이야기를 하고 싶었어."

"……!"

역시 그런가. 요란제로 바쁜 코스모스가 도서실에 나타날 이유는 하나밖에 없다.

아마도… 코스모스는 이미 알고 있다. …모든 진실을.

"죠로…."

아스나로가 걱정스러운 시선으로 나를 바라보았다.

그 옆에 앉은 히마와리는 당장이라도 울음을 터뜨릴 것 같은 표정이었다.

그런 두 사람에게 나는 최선을 다해 웃어 주며 끄덕였다. …당연하게도 허세지만.

"어, 어째서입니까, 코스모스 회장? 당신은 계속 바쁘지 않았습니까! 일루미네이션에 대해 자세히 조사할 시간은….."

"아스나로, 너와 죠로가 학생회를 떠난 뒤, 누군가와 만나지 않았어? 예를 들어서 나와 가까운 위치에 있는 학생회 임원 중 누군가라든가."

와사비 선배인가…. 뭐, 그 이외는 있을 리 없지.

"그가 내게 진언해 주었어. 죠로와 아스나로가 내게 뭔가 중요한 것을 숨기고 있다고. 그래서 조사해 봤어. 일루미네이션에 대해 자세히. 정말이지… 혼자서 조사하느라 힘들었어. …하지만 나는 진실에 도달했어. …프리뮬러 덕분에."

"프리뮬러가?"

"그녀가 내게 사죄해 주었어. '금요일, 사실은 소프트볼부가 일루미네이션을 정리할 예정이었는데, 일부러 그 지시를 내리지 않았다. 미안하다'라고."

프리뮬러, 그 뒤에 제대로 코스모스에게 사과하러 갔나.

그렇다면 그다음은….

"죠로와 아스나로의 비밀, 프리뮬러의 사죄… 아무래도 묘한 예감이 들어서 말이지, 그래서 프리뮬러에게 자세히 확인해 보았어. 그랬더니 많은 이야기를 들을 수 있었어. …예를 들어서 1학년생인 아카이 나데시코의 행동 등을."

"…그런 겁니까."

"…그런 거죠."

말을 반복해 대답하는 코스모스의 버릇. 하지만 그 목소리는 평소처럼 부드럽고 다정한 것이 아니라, 마치 일본도처럼 예리하게 나를 베었다.

나데시코가 풀장 근처 화단에 일루미네이션을 숨겼다. …이 정보란 일면 충분하겠지

애초에 그걸 처음에 발견한 것이, …다름 아닌 코스모스 본인이니까….

"……나었어. 일루미네이션을 망가뜨리고 요란제를 중지 일보 직전까지 몰아넣은 사람은…. …정말로 미안해. 히마와리,

팬지."

깊이 고개를 숙이며 참회의 말을 하는 코스모스.

보호하는 쪽에 서 있다고 생각했던 자신이, 사실은 보호받는 쪽이었다.

본인에게 그런 것은 최악이지….

"저기, 코스모스 선배! 내가 잘못했어! 내가 제대로 안을 확인 하지 않은 게 잘못이야! 그러니까 코스모스 선배는 잘못 없어!"

"아냐, 히마와리. 잘못한 건 나야. 내가 당신에게 말만 전하는 게 아니라 동행해야 했어. 하지만 그러지 않았어. 그러니까…."

"두 사람 다 조용히 해!"

""……!""

히마와리와 팬지의 입을 다물게 하는 코스모스의 외침.

펼쳐진 노트를 바라보니, 물방울이 몇 개 보였다.

그것이 무엇인지는… 말할 것도 없다.

"나… 나야! 내가 잘못한 거야! 내가 바쁘다고 지시만 내리고, 자기 작업을 소홀히 했어! 항상 룰을 중시해야 한다며 행동한 결과, 불만을 가진 학생을 만들었어! …그게, 이런 결과로 나타 난 거야!"

아냐… 코스모스. 너의 가장 큰 잘못은 그게 아냐.

혼자서 뭐든지 다 끌어안으려는 점이야….

"너희에게 할 이야기의 본론은 이거야. 내가 잘못된 지시를 내렸기에, 일루미네이션이 망가졌지. …그러니까 책임은 내가 져. 너희는 아무 걱정 안 해도 돼."

"책임을 진다니…. 코스모스 회장, 당신은 대체 무슨…."

"뻔하잖아, 아스나로. 내일 전교 집회에서 진실을 학생들에게 모두 전하겠어."

"아니! 아, 안 됩니다! 그런 짓을 하면…."

"너답지 않네, 아스나로. 신문부는 진실을 학생에게 전하기 위해 활동하는 거잖아? 나는 같은 일을 할 뿐이야."

"그, 그건… 그렇습니다만… 그렇지만, 당신은 상황이 너무 다르지 않습니까! 알고 있습니까?! 이 이상 문제가 커지면, 요란제의 중지도 그렇지만… 당신의… 당신의 대학 추천이 날아간다고요!"

"일이 그렇게 되었어…?"

그것은 팬지도 몰랐던 사실이었겠지.

이렇게 절망한 팬지의 목소리는 처음 들었어….

"그거라면 열심히 공부해서 일반 입시로 합격하면 돼. 다행스럽게도 학생회는 요란제가 끝나면 세대 교체되니, 그다음에는… 내게 시간은 얼마든지 있으니까."

그 말의 의미를 여기에 있는 모두가 이해했다.

코스모스는 히마와리와 같은 수단을 취하려고 한다.

일루미네이션을 망가뜨린 자신이 있으면 도서실의 평판이 떨어진다.

그래서 혹시 이용자가 줄어들면 1학기의 문제가 재발한다.

그러니까 더 이상 도서실에 오지 않고….

"…안 돼, 안 돼! 코스모스 선배, 말하면 안 돼!"

히마와리가 더는 견딜 수 없어졌는지, 눈물을 글썽거리며 외쳤다. 그리고….

"그렇습니다. 코스모스 회장이 진실을 말할 필요는 없습니다."

곧바로 팬지가 그 뒤를 이었다.

다만 문제는 이다음이다. 코스모스가 진실을 말하는 것을 반대한다는 점에서 히마와리와 팬지는 같은 마음이다. 다만 그다음이 다르다.

"내일 전교 집회가 있다면 잘됐습니다. 그 타이밍에 제가 히마와리에게 지시를 내린 결과, 일루미네이션이 망가졌다고 전할 시간을 주세요."

역시 팬지는 그걸 노리나. 그걸 위해 지금까지 아무 말도 하지 않았던 거지.

자기가 진실을 전하면 코스모스도 진실에 도달한다.

…그러니까 아슬아슬할 때까지 입 다물고 있다가, 마지막 순간에 전할 생각이었다.

하지만 그 방법은….

"팬지도 안 돼! 내 탓으로 하는 게 제일이야!"

당연하지만, 히마와리가 인정할 리가 없다.

"안 돼, 히마와리. 당신은 내년에도 테니스부에서 활동해야 하잖아? 좋아하는 테니스를 계속하기 위해서라도, 지금 이 상황을 받아들일 수 없어. 코스모스 선배도 의대 추천이 있고. …하지만 나는 아냐. 다른 사람들에게 미움을 사더라도… 얼마 전과 마찬가지로 돌아갈 뿐이야."

"두 사람 다 그만해 주겠어? 내가 책임을 지겠다고 말했으니까, 그거면 되잖아? 모든 진실을 전한다는 점에서도 내 행동이 가장 옳아."

이런…. 이 상황은….

"그건 옳아도 옳지 않아! 코스모스 선배는 생각만 앞서!"

"…뭣! 내, 내가 뭐라고? …그, 그렇다면 히마와리는 멋대로 판단해서 애처럼 행동하잖아!"

"그렇지 않아! 난 애가 아냐!"

"…히마와리도 코스모스 선배도, 양쪽 다 애야."

"팬지!" "팬지!"

어느 틈에 세 *사람*은 일어서서 서로를 노려보고 있었다.

이런…. 지금 상황에서 이 세 사람이 모이면 무슨 일이 일어날 거라고는 생각했지만, 이 정도의 사태는 생각하지 않았다.

"이전부터 생각했지만, 코스모스 선배도 히마와리도 너무 감정적이야. 조금은 만사를 냉정하게 보는 시야를 가져야 하지 않을까?"

"그 말 말인데, 그대로 돌려주도록 하겠어. 팬지야말로 감정적이 돼서 책임을 혼자 지려고 하는 것 아닐까?"

"…뭐라고요?"

"코스모스 선배도 팬지도 시끄러워! 머리 좋은 소리 해도 나는 몰라! 나는 바보니까…. 바보니까, 내 탓이면 돼!"

이대로 가다간 요란제 문제 이전에 세 사람의 인연이 날아간다.

어떻게든 내가 막아야…!

"어이, 너희들, 일단 진정해. 이, 일단은 말로 하자. 나는 그걸 위해…."

"죠로는 조용히 있어 줘. 이 문제에서 당신은 관계없어."

"윽!"

이런…. 알고 있었지만, 팬지도 꽤나 흥분했다.

솔직히 말해서 이 정도가 되었으면 아예 관계가 없는 건 아니지만, 그렇게 설명해도 귀담아듣지 않겠지.

어쩌지? 이런 식으로는 결론이 나올 수가 없다.

세 사람 다 자기 의견을 양보할 생각이 전혀 없으니까.

"죠, 죠로…!"

아스나로가 초조한 시선을 내게 보냈다.

…역시 결정할 수밖에 없나?

진실을 누구에게도 전하는 일 없이 내일 전교 집회를 맞아서 히마와리를 희생하는 방법.

진실을 어중간하게 전하면서 내일 전교 집회를 맞아서 팬지를 희생하는 방법.

모든 진실을 전하면서 내일 전교 집회를 맞아서 코스모스를 희생하는 방법.

그중 어느 방법을 취하는 결론에 도달해야 하는 건가?

"저, 저, 저……."

그때 지금까지 조용히 지켜보던 어떤 인물의 몸이 부들부들 떨리기 시작했다.

뭔가를 참는, 두려워하는, 그런 움직임이었다.

그리고….

"적당히들 하란 말이다아아아아아아아!!"

히이라기가 일어서서 외쳤다.

"""……!!"""

설마 히이라기가 이런 짓을 할 줄은 몰랐겠지.

세 사람 다 무심코 말을 잃고 멍하니 히이라기를 바라보았다.

"후우! 후우! 나와 츠바키도 싸우지만, 이야기는 제대로 한다! 그런데 세 사람 다 듣지 않는다! 자기 말만 하고 자기만 옳다고 생각하면 안 된다! 옳은 건 많이 있다! 그러니까 어느 쪽이 옳은지 제대로 이야기하지 않으면 안 되는데… 왜 그러지 못하는 거냐!"

힘이 담긴 히이라기의 통곡. 지금까지의 울분을 날려 버리는 듯한 외침.

대단한데, 히이라기…. 설마 네가 이 정도의 말을 할 줄은 몰랐어.

다만…… 왜 뒤쪽을 향해 소리치는 거야?

"정말이지! 오늘은 정말로 너무한다! 다들 싸움만 한다! 싸움만 하면 안 된다! 하나도 즐겁지 않다!"

히이라기의 분노의 말이 이어졌다. ……뒤쪽을 향해.

정면에서 보면, 정말 보기 안 좋은 표정을 하고 있겠지.

아마도 속으로는 꽤나 쫄지 않았을까~

"자! 세 사람 다 자리에 앉는다! 그, 그리고, 더 화내지 않을 테니까 나한테 말하는 거다! 그러면 나도 앉겠다! 그, 그리고, 죠로는 가급적 신속하게 츠바키에게 연락을 한다! 츠바키라면 분명 나를 지켜 준다!"

모처럼 중간까지 잘 정리해 놓고서, 역시나 마지막에는 츠바키 코스였다.

"아니, 아무리 그래도 이제 와서 츠바키를 불러도…."

"괜찮다! 츠바키라면 친구인 내가 위기에 빠졌다는 걸 알면

236

바로… 3초 만에 달려와 준다! 얼른! 얼른!"

츠바키는 핑크색 문과 사차원 주머니라도 가지고 있는 거냐?

하지만 츠바키를 부를 필요는 없어, 히이라기.

왜냐면 세 사람 다….

"미안해, 히이라기. 기분 상하게 해서…."

"히이라기, 미안…."

"미안해, 히이라기."

이미 화내지 않으니까.

"저, 정말이냐? 정말 화나지 않았냐?"

"그래. 그러니까 당신도 앉아 줘. 그리고 같이 홍차를 마시자. 지금 준비할 테니까."

"팬지의 홍차! 기뻐! 난 팬지의 홍차, 아주아주 좋아해~!"

팬지의 부드러운 목소리를 듣고 안심했는지 평소의 어조로 돌아온 히이라기는 활짝 웃으며 의자에 앉았다. …아직 하나도 해결되지 않았지만, 방금 전까지의 긴박한 분위기는 사라지고 어딘가 부드러운 분위기가 나를 안심시켰다.

…그 뒤로 팬지가 우린 홍차를 모두가 각자 마시는 휴식 시간.

하지만 그게 거짓 평온이라는 사실은 여기에 있는 모두가 이해하고 있었다.

"저기, 히이라기. 지금 이거랑은 다른 문제지만… 아까는 도

238

서실에서 소리쳐서 잘못했습니다. 당신은 잘못이 없는데, 마음 상하게 했네요….”

조금 진정된 타이밍에 아스나로가 다소 조심스럽게 히이라기에게 말했다.

사실은 더 일찍 사과하고 싶었겠지만, 아무래도 상황이 상황이었으니까.

“괜찮아! 마음 착한 아스나로로 돌아와 준다면 아주아주 만족이야!”

“고, 고맙습니다…. 히이라기는 대단하네요….”

“흐흥~ 더 칭찬해~”

“알겠습니다! 열심히 칭찬하도록 하겠습니다!”

아스나로가 머리를 쓰다듬어 주자 기쁜 듯이 웃는 히이라기.

일루미네이션 문제는 해결되지 않았지만, 문제 하나는 해결되어서 안심했다.

자, 그러면 남은 건….

“역시 내일 전교 집회에서는 모든 사실을 전해야 한다고 생각해.”

천천히 홍차를 마신 뒤에 코스모스가 그렇게 말했다.

“하, 하지만! 그래선 코스모스 선배가…!”

“고마워, 히마와리. …하지만 아까랑은 달라. …이번 문제, 내게도 팬지에게도 히마와리에게도, 각자 부족한 점이 있었다고 생각해. …그러니까 셋이서 같이 전교 집회에서 사과하지 않겠어?"

그런, 건가….

이대로 누구 하나를 악당으로 만들면 세 사람 다 납득하지 못한다.

그러니까 셋이서.

모두가 해피 엔딩을 맞을 수 없다면, 또 하나의 길을 함께 걷는다는 것인가.

"해야 할 일이 이것저것 늘겠네요."

팬지가 어딘가 부드러운 목소리로 그렇게 말했다.

"그래. 내 입시, 팬지의 도서실, 히마와리의 테니스부. 신용을 되찾으려면 고생 좀 해야겠어. …하지만 못할 건 없다고 생각해."

"우우~…. 하지만…."

"괜찮아요, 히마와리! 저도 협력할 테니까요! 혼자서 애쓰기보다는 함께 노력하는 편이 즐겁다고 생각하지 않습니까?"

"아스나로…."

혼자서만 납득하지 못하는 기색인 히마와리에게 아스나로가 웃음을 보냈다.

"…알았어. 나도… 나도, 코스모스 선배에게 찬성! 같이 사과할래!"

"고마워, 히마와리."

마음의 짐을 모두 던 것처럼 부드럽고 자상한 코스모스의 미소.

이거야… 역시 코스모스에게는 이 미소가 제일 잘 어울리지.

"후훗. 하지만 설마 내가 그런 식으로 너희와 싸우게 될 줄은 몰랐어. …이건 이것대로 귀중한 경험이었어."

"그러네요, 코스모스 선배."

"아하하! 그래! 나도 놀랐어!"

"다, 다들 또 싸우는 거야?! 안 돼! 싸움은 무서워!"

"괜찮아, 히이라기. 이제 안 싸워."

"그렇다면 안심이야~!"

코스모스의 말을 솔직히 받아들여서 기분 좋게 웃으며 홍차를 마시는 히이라기.

본인은 전혀 모르는 모양이지만, 이번 일에서 MVP는 틀림없이 이 녀석이다.

정말로 고마워… 히이라기.

"자… 그럼 나는 슬슬 학생회 쪽으로 돌아갈게. 요란제 문제로 더 해야 할 일이 있어서."

홍차를 다 마신 코스모스가 애용하는 노트를 손에 들고 일어섰다.

"그럼 히마와리! 우리도 돌아갈까요! 앞으로는 함께니까요! 혼자서 뭐든지 하려고 하지 말아 주세요!"

"응! 혼자는 외로우니까 이젠 싫어! 나도 아스나로랑 같이 있는 게 좋아!"

이어서 일어난 사람은 아스나로와 히마와리. 사이좋게 둘이서 웃으며 걸어갔다.

"팬지! 난 혼자서는 무서워서 교실까지 돌아갈 수 없어!"

"괜찮아. 내가 같이 있으니까 걱정은 필요 없어, 히이라기."

"와아! 아주아주 기뻐~!"

정말이지 히이라기는 팬지에게 딱 달라붙는군.

다만 그것을 팬지가 싫어하는 기색은 없다. 오히려 어딘가 기쁜 기색이다.

지금까지 계속 같은 반에 친구가 없었으니까.

팬지에게도 히이라기는 소중한 존재가 되었겠지.

그럼 다들 일어나서 출발했고, 나도 슬슬 행동하기로 하자.

…내일 전교 집회.

거기서 코스모스, 팬지, 히마와리는 전교 학생들 앞에서 사죄를 한다.

하지만 설령 아무리 마음을 담은 사죄를 하더라도 꼭 용서받을 수는 없다.

…하지만 괜찮아. 우리는 지금까지 어떤 트러블이든 뛰어넘어 왔다.

모두를 구할 길이 없다면, 모두를 희생하는 길을 택한다.

너희가 그러기로 했다면, 내가 뭐라고 할 수는 없지. 물론 거기에 함께해 주겠어.

완벽한 해피 엔딩에 억지로 도달하려고 하지 않아도 돼.

같이 뛰어넘자, 코스모스, 히마와리, 팬지….

내가 이렇게 말할 줄 알았냐아아아아아!!

그럴 리가 없잖아! 셋이서 사죄?! 다 함께 뛰어넘어?!

그런 결말을 내가 인정할 것 같냐!

내가 목표로 하는 것은 단 하나! 나에게 최고로 유리한 끝이다!

그러니까 어떤 수단을 써서라도 나와 관련 있는 녀석들**만큼**은 어떻게든 한다!

나머지 녀석들은 몰라!

애초에 말이지! 아무리 생각해도 이번 건에서 제일 잘못한 건 프리뮬러랑 나데시코잖아!

특히나 프리뮬러! 녀석이 소문을 진지하게 받아들이는 바람에 일이 이렇게 되었어!

골 빈 여자애들 때문에 얘네 셋이 희생된다니, 바보냐! 바보야?!

물론 이 이상 녀석들을 책망할 생각은 없지만, 그렇다고 용서하는 것도 아니지!

화아아아아아악실히 협력을 받아 내고, 책임을 지게 할 거니까!

크크큭! 현재 시각은 19시.

슬슬 딱 좋은 시간이 되었으니까!

그럼 시작해 보도록 할까! 내가 준비한 기막힌 대작전을!

코스모스, 팬지, 히마와리, 너희는 알아차리지 못했지?!

분명히 지금 상황은 어떻게 할 수 없어…. 완전히 사면초가야!

그럼! 또 다른 방향으로 뚫고 나가면 되는 거야!

그거야말로 나에게 최고로 유리한 해피 엔딩으로 이어지는 길이다!

그렇긴 해도 들키면 막으려고 들 게 뻔하니까, 말하지 않았지만!

너희 셋… 특히나 코스모스는 이러니저러니 해도 성실하게 책임감 강한 성격이니까.

설령 나와 같은 수단을 생각했다고 해도 실행할 리는 없겠지. …하지만 나는 한다!

내가 믿는, 내 길을 밀고 나간다!

똑똑히 봐라! 이제부터는 내가 하고 싶은 대로 할 테니까!

나는 잃었다

제 6 장

나와 아스나로가 진상을 안 다음 날 아침.

평소라면 조례가 시작될 때까지 교실에서 떠들면서 시간을 죽였겠지만, 오늘은 다르다.

살짝 열기를 띤 등의 아픔과 함께 내가 향한 곳은 체육관.

…아니, 나만이 아니다.

지금 니시키즈타 고등학교에 소속된 거의 모든 학생이 이곳 체육관에 모여 있다.

"저기, 정말로 전교 집회가 열렸어…."

"그렇다면 역시 요란제는…."

"아, 아직 결정된 건 아니잖아! 이야기를 다 들어 봐야지…."

"괜찮겠지? 정말로 괜찮겠지…?"

체육관에 모인 학생들이 저마다 말하는 내용은 당연하지만 요란제에 대한 것.

이제부터 여기서 열리는 전교 집회.

요란제의 개최 여부… 그리고 일루미네이션 사건에 대한 진상이 세 명의 소녀 코스모스, 팬지, 히마와리의 입에서 전해진다.

본래 학생회에 속하지 않은 일반 학생인 나는 평소에는 다른 학생들과 마찬가지로 각 학급별로 정렬했겠지만, 이번 건과 관련된 사정상 현재 위치는 체육관의 무대 뒤.

물론 이곳에 있는 사람은 나나 학생회 멤버만이 아니다.

그 외에도….

"오늘 흐름 말인데… 처음에 내가 혼자서 요란제가 연기되었다고 전교생에게 전하겠어. 그게 끝나면 두 사람도 단상으로 올라와 주겠어? 그다음에 셋이서 일루미네이션에 대해 전하고 사죄하자."

"응! 아, 알았어! 코스모스 선배의 신호를 기다리면 되지?"

"그래, 히마와리. …그리고 일루미네이션에 대해서도 주로 내가 설명할 예정인데, 그건 문제없을까?"

"네. 남들 앞에서 말하는 것은 코스모스 선배가 제일 익숙할 테니…."

"고마워, 팬지."

오늘 단상에 올라가는 팬지와 히마와리도 있다.

…참고로 자기 반에서 팬지 외에 제대로 말할 수 있는 상대가 없는 슈퍼 낯가림 히이라기는 어쩌고 있냐 하면….

"사잔카, 츠바키! 나한테서 떨어지면 안 돼! 이렇게 많은 사람들 사이에 떨어지면, 난 죽어 버려!"

"끄아아! 알았으니까 조금은 떨어져! 일일이 팔을 붙잡지 마!"

"…이러니까 히이라기는…."

"휴우~! 이걸로 안심이야~!"

우리 반 학생들 사이에 슬쩍 섞여서, 지금은 사잔카와 츠바키의 팔에 각각 자기 팔을 얽고 만족한 듯이 웃고 있다.

본인으로서는 철벽의 포진인 모양이지만, 휘말린 두 사람에게는 아주 민폐겠지.

참나, 저 녀석은 성장을 한 건지 안 한 건지…. 아니, 지금은 생각할 필요 없나.

그보다 신경 써야 할 것은, …팬지와 히마와리와 코스모스 문제다.

이 세 사람과 함께 체육관 무대 뒤에 있자니 마치 백화제 때의 화무전 같지만, 지금부터 일어나는 일은 화무전처럼 화려한 것이 아냐….

보고와 사죄.

왜 일루미네이션이 망가졌나? 그 결과 요란제가 어떻게 되는가?

그 얘기를 학생들에게 전한 뒤에 세 사람은 사과를 해야 한다.

과연 학생들은 그걸 받아들여 줄 것인가?

혹시 받아들여 주지 않는다고 생각하면…… 오싹한데.

""……""

팬지와 히마와리는 꽤나 긴장한 기색이었다.

두 사람 다 말없이, 때때로 불안한 시선을 내게 보냈다.

다만 그런 분위기에서도 혼자 냉정한 사람은.

"괜찮아. 그저 모두의 앞에서 이야기할 뿐. 걱정할 필요는 하나도 없어."

코스모스는 학생회장이다. 평소의 소녀 같은 모습은 전혀 없고, 든든한 학생회장으로서의 위엄으로 가득한 이 녀석만큼은 평소처럼… 아니, 평소 이상으로 냉정한 모습이다.

"휴우…. 슬슬 시작할까."

코스모스는 늠름한 태도인 채로 한 걸음 앞으로 나섰다.

"…자, 그럼 다녀올게. 내가 요란제에 대해 설명을 마치면 신호할 테니까, 그 타이밍에 히마와리와 팬지도 와 줄 수 있겠지?"

"…네, 알겠습니다."

"응! 나, 기다릴게!"

혼자 힘 어린 발걸음으로 천천히 단상으로 향하는 코스모스의 뒷모습을 보고 있으니, 나 또한 긴장으로 가슴이 답답해졌다.

정말로 괜찮을까? 제대로 잘될까?

"다들, 안녕! 오늘은 중요한 보고를 하기 위해 이렇게 체육관에 모이도록 했어! 수고스럽게 해서 미안해!"

드디어 전교 집회가 시작되었다.

단상에 선 코스모스가 긴장 따윈 전혀 느껴지지 않는 힘찬 목소리로 전교생의 주목을 한 몸에 모았다. 본인은 긴장하지 않은 모양이지만, 몸은 정직하군.

잘 보면, 애용하는 코스모스 노트를 평소보다 세게 움켜쥐고 있어.

그 뒤에 꽤나 달관한 미소로 내 쪽을 보더니… 응? 왜 이 타이

밍에 코스모스가 나를 보지? 이런…. 왠지 엄청나게 안 좋은 예
감이 든다.

코스모스 녀석은 대체 무슨….

"일루미네이션이 망가진 건… 모두 나, 아키노 사쿠라의 책임
이야!"

이런! 코, 코스모스 녀석! 무슨 짓이야?! 그게 아니잖아!

본래 예정으로는 요란제가 연기된다는 취지를 전달한 뒤에 일
루미네이션에 대해서는 코스모스와 팬지와 히마와리의 부주의
로 망가졌다고 얘기하기로 했잖아!

그런데 왜 혼자 책임을… 아니, 설마… 녀석은 어제 일부러….

"코스모스 회장이 일루미네이션을?"

"어이, 그게 어떻게 된 거야? 일루미네이션은 테니스부의…."

술렁대는 체육관. 모든 학생들이 마른침을 삼키며 코스모스를
바라보았다.

"이런…. 나도 가야겠어… 히마와리."

"으, 응! 나도 갈래!"

다급히 단상으로 향하려는 히마와리와 팬지.

그걸 직전에 내가 가로막았다.

"잠깐! 너희는 움직이지 마! 일단 코스모스 회장의 이야기를

들어!"

지, 진정해⋯. 아직 모든 게 끝난 건 아냐.

코스모스의 행동은 꽤나 예상 밖이지만, 그래도 내 작전이 실패한 건 아냐.

그러니까⋯ 여기선 견딜 수밖에 없어!

"이번 일에서 나는 내 일이 바쁘다는 이유로, 본래 내가 해야 하는 일을 소홀히 하고 다른 학생에게 모호한 지시를 내렸어! 그 탓에 그 학생은 일루미네이션이 든 자루를 쓰레기로 착각하고 버렸던 거야!"

코스모스⋯ 너는 처음부터 그럴 생각이었군?

셋이서 사과한다는 이야기로 히마와리와 팬지를 납득시키고⋯.

다만 그 이야기는 모두 거짓말이고, 처음부터 자기가 책임을 덮어쓰기로 했던 거지?

왜 그런 짓을 한 거야⋯.

"안 돼! 이대로는, 코스모스 선배가⋯! 죠로, 놔줘!"

"못 놔! 아직이야! 아직 끝난 건 아냐⋯."

또다시 코스모스에게 달려가려는 히마와리의 팔을 붙들고, 나는 어떻게든 그 움직임을 막았다. 꽤나 세게 버둥거리지만 이쪽도 놔줄 수는 없어.

여기서 히마와리와 팬지를 보내면 절대로 안 되거든⋯.

혹시 그랬다간 분명히 단상에서 트러블이 생긴다. 그러면 이번에야말로 진짜로 끝장이다.

"끝나지 않았다? 죠로, 당신은…."

팬지가 내 말의 기묘함을 알아차렸는지, 날카로운 시선을 보냈다.

그래서 나는 조용히 끄덕였다.

"……알았어. 히마와리, 우리는 여기에 있자."

"하, 하지만, 팬지!"

"코스모스 선배가 행동한 이상, 죠로를 믿을 수밖에 없어. …괜찮겠지?"

"그래, 모든 책임은 내가 질게."

그렇게 말했지만, 솔직히 말해 나도 제정신이 아니다.

사실은 시간이 조금 더 필요했다. 아직 이쪽의 준비는 다 끝난 게 아니거든….

"잘못한 건 모두 나야! 그러니까 다른 학생을 나무라지 말아 줘! 이렇게 부탁할게!"

그만, 그만해…. 왜 네가 혼자 모든 책임을 덮어쓰려는 거야?

3학년이니까? 학생회장이니까?

아니잖아…. 너는, …그냥 코스모스잖아….

"모두가 기대하던 요란제에 먹칠을 하게 돼서, 정말로 미안해!"

열심히 전교생에게 깊이 고개를 숙이면서 이번 일에 대해 설명하는 코스모스.

학생들은 그 사죄에 어떻게 반응하면 좋을지 알 수 없는 듯 곤혹스러운 기색이었다.

아직인가…? 아직이야…? ……얼른! 얼른 와 줘!

안 그러면 코스모스가….

"물론 사죄만으로 끝나지 않을 이야기라는 건 충분히 이해해! 그러니까 앞으로 나는 반드시 모두의 희망을 들어줄 테니까! 저기… 지금은 예정대로 요란제를 개최할 수 없지만, 연기하는 것으로 내가 책임을 지고…."

"아니다아아아앗!! 요란제, 등화식! 모두 예정대로, 개최할 수 있다!!"

그 순간, 체육관 문이 큰 소리를 내며 열리고, 한 남자의 목소리가 거칠게 메아리쳤다.

너무나도 큰 목소리에 전교생의 시선이 그곳에 모이고, 코스모스는 무심코 말을 멈추고 멍하니 그 남자의 모습을 바라보았다.

남자의 옆에는 숨을 헐떡이며 무릎을 손으로 짚고 있는 아스나로가 있었지만, 남자의 존재감이 너무나도 큰 탓에 별로 눈에 띄지 않았다.

…안 늦었다! 안 늦었어! 역시 와 줬나!

"크크…큭. 길었다… 여기까지, 정말로 길었…다!"

남자는 평소처럼 말끝에 살짝 뜸을 들이고 말하며 단상으로 향했다.

평소에도 눈 밑이 시커멓지만, 오늘은 특히나 심하다.

이미 기미를 넘어서 시커먼 페인트라도 칠한 게 아닐까 싶은 정도다.

아마도 철야로 작업했던 거겠지. …이 사람에게 찾아온 절호의 기회를 위해서.

"허억…. 허억…. 죠로! 시간에 맞췄습니다! 이제 괜찮습니다!"

"음! 좋았어! 아니, 진짜로 간 좋였다고!"

비틀거리는 발걸음으로 이쪽으로 다가온 아스나로와 나는 손을 높이 들어 마주 쳤다.

지금까지 계속 함께 싸워 온 최고의 동료와.

"팬지, 히마와리! 이제 괜찮아! 이걸로 모든 문제는 해결됐어!"

"죠, 죠로, 무슨 소리?"

"히마와리, 진정해. 지금은 죠로의 말을 믿고 지켜보자."

내 말의 의미를 아직 다 이해하지 못한 히마와리는 혼란스러워하지만, 팬지는 나를 신용해 주는지 조용히 상황을 지켜보았다.

방금 전에 무식하게 큰 소리를 지르며 체육관에 나타난 한 남자를.

"아키노가 하는데 내가 못 하는 일은 하나도 없다!! 아키노!

네 천하도 여기까지다! 여기까지 오래 걸렸다! 지금이야말로 나의 빛나는 인생이 시작된다아아아아!!"

완전히 마왕의 대사다.

아무래도 저 사람은 신이 날 대로 나면 말에 뜸을 들이는 버릇이 없어지는 모양이다.

…그럼 슬슬 설명하도록 하지.

사실을 말하자면, 이번 일에서 처음부터 끝까지 우리 편이었던 인물이 한 명 있다.

그래, 오해가 없도록 말해 두는데, 새롭게 급등장한 캐릭터는 아냐.

처음부터 계속 등장했고, 나랑도 오래 알고 지낸 인물이다.

"요란제가 연기?! 등화식의 일루미네이션을 아키노가 어떻게 준비해?! 이미 일루미네이션은 확보했고, 실행할 준비는 다 갖추어졌는데?! 웃기는군! 웃기는 소리야! 압도적으로 웃겨서, 오히려 웃음이 터져 나온다! 후하하하하하!!"

그리고 그게 누구냐는 이야기인데… 어차, 그 인물이 유들유들하게 단상에 올라가는 바람에 코스모스가 간신히 정신을 차렸군.

그럼 분명 코스모스가 그 인물의 이름을 가르쳐 주겠지.

"어, 어떻게 된 일이야?! ……야마다!!"

참고로 야마다는 회계다.

꽤나 중요하고, 소개는 확실히 하도록 하지.

야마다 카즈키(山田一葵), 본명의 한자를 생략하면 '와사비(山葵)'가 되는, 니시키즈타 고등학교 3학년.

성적은 항상 학년 2등. 학생회 선거에서도 코스모스에게 패해서, 본래라면 부회장이 될 예정이었는데 '부'라는 말에 혐오감이 드는지 '회계'라는 직책에 앉은 괴짜.

매번 코스모스에게 도전했다가 패배하지만, 이러니저러니 해도 우수하기에 코스모스에게도 인정받은 라이벌 같은 존재다. …전패이지만.

이해하는 사람은 이해했겠지?

더불어서 사소한 정보를 추가하자면, 사실 학생회 안의 후배이며 내 동급생인 여학생과 사귀고 있다. …이 이상 사람이 늘어나면 곤란하니까, 그 애의 소개는 딱히 하지 않겠지만.

…그래. 와사비 선배=야마다만큼은 계속 우리 편이었다.

뭐, 고스모스 편이냐 하면 좀 미심쩍지만… 아마도 이쪽 편이다.

우리가 일루미네이션 사건의 진상을 조사하고 있을 때, 야마다는 별개 행동으로 요란제를 개최하기 위한 방법을 찾도록 했다. 그리고 바로 오늘 실현할 수 있었다.

잘 풀린다는 확증 따윈 없어서 꽤나 아슬아슬한 외줄 타기 상황이었지만… 그래도 어떻게든 되었다.

요란제를 실행하기 위해 필요한…… 일루미네이션의 조달이.

"어떻게?! 요란제에 사용할 일루미네이션은 망가졌잖아! 다시 입수하려면 예산이 필요하고, 애초에 준비할 시간이….'

"크크큭. 아키노가 내게 질문을! 질문을 하고 있다! 이런 더없는 엑스터시! 느낀다! 느껴진다! 환희가 내 몸 안에서 기분 좋게 삼바를 즐기고 있다!"

진정해, 변태.

지금까지 제대로 된 대사가 거의 없었던 건 알지만, 너무 신났잖아.

"후반부의 질문부터 답해 주지! 준비할 시간이라면 문제없다! 예산을 확보한 직후, 업자를 찾아다녔으니까! 교섭에는 시간이 걸렸지만… 방금 전에 한 업자에게서 '가능하다'라는 인질을 받아 왔다!"

내가 기다렸던 것은 이것.

설령 예산이 확보되었다고 해도, 새로운 일루미네이션을 준비하려면 시간이 걸린다.

그래서 야마다와 나와 아스나로는 학교가 끝난 뒤에 합류해, 일루미네이션을 준비해 줄 수 있는 업자를 필사적으로 찾았다.

그리고 '포기하면 거기서 나의 승리는 사라진…다! 이 천재일

우의 기회… 반드시 내 것으로 만들어 주…지!'라며 뭔가에 썬 것처럼 기를 쓴 야마다가 '가능할지도'라고 말해 준 업자를 발견하고, 이른 아침부터 아스나로와 함께 교섭에 나섰던 것이다.

"그, 그럼 예산은?! 예산은 어떻게…."

예산 문제는 코스모스가 제일 걱정하는 점이겠지.

그걸 어떻게 할 수 없으니까 계속 머리를 싸쥐었던 거고.

"훗. 그 답이라면 어제 학생회에서 아키노… 너 자신이 말하지 않았나!"

"나 자신…이?"

그래, 답은 어제 나와 아스나로가 학생회실을 방문했을 때 코스모스가 했던 말…

'각 반이나 동아리에서 하는 행사를 절반 정도 중지하면 돼. 그렇게 해서 나오는 렌탈비나 자재 삭감비의 예산을 모두 일루미네이션으로 돌리면 말이지.'

에 있다.

말하자면….

"절반으로 하는 거다! 각 반이나 동아리의 행사를! …그렇지, 다들!"

야마다가 전교생을 향해 말하는 듯한 행동을 하자, 그걸 기다렸다는 듯이 학생들이 웃으며 끄덕였다.

"아니! 그건 안 돼! 절반의 학생들의 희망이…."

"아니, 아무런 문제도 없다! 왜냐면 행사를 절반 줄이는 게 아니라, 합병해서 예산을 만드는 거니까!"

이것이 답. 요란제의 행사를 중지하는 게 아니라 합병한다.

그러면 진원이 하고 싶은 것을 완벽하게 할 수는 없더라도 충분히 즐길 수 있다.

게다가 의외로 합병하는 바람에 재미있는 게 나올지도 모르니.

다만 코스모스는… 아하, 역시나.

아직 납득하지 않은, 불만이라는 표정이로군. 내 예상이 맞았다.

"아, 아니, 그래서는 납득하지 않는 학생이…."

"괜찮앙~! 다들 협력해서 요란제를 하는 편이 즐겁고 기분 좋다고, 나는 생각해용~! 다들 그렇게 생각하지~?!"

그때 한 소녀의 목소리가 체육관에 울렸다.

그리고 그 소녀의 질문에 대해….

"저도 합동이면 문제없답니다! 충분히 납득합니다!"

"응! 나도 찬성! …완전 OK야, 코스모스 회장!"

"이번에는 우리가 열심히 하고 싶어! 그러니까 괜찮아!"

"아, 다들! 1반은 2반과 협력해서 코스프레 귀신의 집이니까~! 어떤 귀신의 집이 될지 나는 짐작도 안 가서 재미있겠어!"

"테니스부는 야구부와 합동으로, 테니스 공과 라켓을 사용한 홈런 챌린지야! 참고로 성공한 사람에게 주는 경품은 솜사탕으로 할 예정!"

차례로 다른 학생들의 목소리가 이어졌다. 체육관 안에 울리는 학생들의 성원.

아니, 성원만이 아니다. 덤으로 박수까지 치면서 아주 시끌시끌하다.

처음에 크게 말한 사람은 프리뮬러고, 그 뒤를 이은 사람이 나데시코로군.

고마워. 일부러 큰 소리로 말해서 다른 학생들도 소리치기 쉬운 분위기를 만들어 주었네.

스테이지 뒤에서 엿보다가 눈이 마주치자, 두 사람 다 나란히 내게 V 사인을 해 주었다.

그래서 나도 V 사인으로 답했다. …지금까지 도와준 협력자들에게.

"아, 알았어. 모두가 문제없다고 말한다면… 나는 그 의견을 존중하겠어…."

이 정도가 되었으면 거부할 수 없겠지.

코스모스가 떨떠름하게 납득하는 기색을 보였다. …이것이 코스모스의 결점이다.

녀석은 학생회장으로서의 책임감인지, 묘하게 성실한 성격 때문인지, 아무튼 전원의 희망을 확실히 들어주려고 한다. 그러니까 나조차도 생각한 '합병'이란 답에 도달하지 못했다… 아니, 애초에 도달하려고 하지도 않았다.

그것은 어떤 의미로 학생들에게 인내를 강요하는 게 되니까.

역시 말하지 않길 잘했어.

저 모습을 보아하니, 알았으면 반대 정도가 아니라 저지했을 지도 모르지.

"훗. 그 태도… 어제 죠로에게 들은 대로 아키노를 도서실로 유도한 게 정답이었던 모양이군!"

"어, 어제? 죠로에게 들은 대로 유도? 서, 설마, 도서실의 그 건…!"

코스모스가 놀란 표정으로 스테이지 뒤의 나에게 시선을 보냈다.

그래서 나는 멋지게 웃으며 대답해 주었다.

간신히 깨달았나. 그래, 어제 도서실… 그곳으로 코스모스를 부른 건 나.

야마다나 프리뮬러에게 부탁해서 일부러 코스모스에게 정보를 흘리고 도서실로 불러냈다.

그렇게 하면 시간을 끌 수 있으니까.

야마다가 각 반이나 동아리와 교섭하는 동안, 코스모스의 방해는 없어지는 거지.

뭐, 나의 특기 기술인 '나를 미끼로 삼고, 다른 이들을 움직이게 한다'야.

다만 그렇게까지 심한 말싸움이 날 줄은 예상 못 했기에 꽤나
마음 졸였지만….

"저기, 죠로. 하나만 가르쳐 줬으면 하는데, 당신들은 어떻게
전교생을 설득할 수 있었어? 시간이 있으면 가능할지도 모르지
만, 당신이 진상에 도달한 때는 어제… 그것도 하교 시간까지
별로 시간이 남지 않은 상황이었잖아?"

옆에 있는 팬지가 내게 의문을 던졌다.

물론 그렇지. 본래 이렇게 이야기가 팍팍 진행될 리가 없다.

하지만 그게 아니면 이번 사건은 해결되지 않았다.

그러니까….

"조금 협력을 받아 냈지. ……진범에게."

내가 '소문'을 흘렸다.

그렇긴 해도 딱히 밑도 끝도 없는 소문을 흘린 건 아니거든?

내가 흘린 소문의 내용은 '이대로 가다간 요란제가 중지된다.
코스모스 회장은 어떻게 할 수 없다'다.

이런 씽밉틴 내용이 소문으 퍼질 것 같지 않지?

물론 이것만으로는 안 된다. …그러니까 하나 더 추가했지.

어떤 평범한 내용이라도 엄청나게 중요해지는 비밀의 말을.

히이라기가 그랬으니까 잘 알지만, 오히려 말하고 싶어진단
말이야.

…'최대한 아무한테도 말하지 마'라고.

그 말을 덧붙여서 처음에 테니스부 부장, 그리고 아루후와와 베에타에게 소문을 흘렸다.

이어서 협력을 받아 낸 것이 프리뮬러와 나데시코… 썬과 사잔카였다.

특히나 프리뮬러에게는 감사해. 녀석은 소문을 흘리는 것만이 아니라 코스모스가 도서실에 오도록 유도도 해 주었으니까.

이렇게 협력자를 늘리고, 2학년에게는 사잔카와 프리뮬러가. 1학년에게는 나데시코가.

…그리고 3학년에게는 야구부원들이 소문을 흘렸다.

그렇긴 해도 일부러 전교생을 찾아다니며 이야기한 건 아니거든?

어디까지나 불씨가 되었을 뿐.

그다음은 알아서 퍼지는 것이 '소문'이란 것이다.

그렇게 밑준비를 한 뒤에 야마다가 각 학급이나 동아리에 '각 행사를 합병해 달라'고 설득하러 간 거지. 그러자 학생들은 쾌히 협력해 주었다.

프리뮬러가 가르쳐 주었지….

'다들 강한 악역을 두들겨 패는 정의의 용사가 되고 싶어 해.'

라고.

모두가 인정하는. 니시키즈타 고등학교의 슈퍼 학생회장 코스모스.

그렇게 대단한 녀석이 해결할 수 없는 문제를 우리가 해결한 다면… 최고겠지?

"코스모스 선배, 항상 우리를 위해 열~! 심히 해 주었잖아! 그러니까 가끔은 우리를 믿~! 어 줘! 우리도 아무것도 못 하는 건 아니야!"

"코스모스 선배, 나도 조금 정도는 힘이 될 수 있어요! 콜록 ~…. 콜록~…."

"아야노코지 하야토도 찬성이다! 아야노코지 하야토는, 히마와리의 슬픈 눈물을 보고 싶지 않아! 그러니까 열심히 노력하지!"

"오~호호호홋! 설령 학생회장이라고 해도 제가 응원한다는 것에는 변함없답니다! 당연하죠, 코스모스!"

"하하핫! 우리 야구부도 코스모스에게 항상 신세 졌으니까! 가끔은 은혜를 갚지 않으면 안 되겠지! 다시 말해 이건 좋은 기회다!"

"쿠츠키의 말이 맞아. 아니, 쿠스모스는 혼자 너무 고생하잖아. 학교 행사도 야구와 같아. 문제는 팀플레이로 헤쳐 나가자."

"이예~이! 이번에는 나도 멋진 모습을 보일 기회니까 물론 편승하겠어요! 항상 썬만 멋진 모습을 보였으니까!"

지금까지 교내에 만연하던 코스모스의 나쁜 소문을 모두 걷어내는 듯한 학생들의 환성.

특히 눈에 띄는 것은 내가 잘 알던 사람들의 목소리지만, 딱히 나는 그 사람들에게 뭔가 부탁하지 않았다. 다른 학생들도 코스모스에게 비슷한 환성을 보냈다.

뭐, 당연하고 뻔한 일이지만… 코스모스는 나쁜 소문보다 좋은 소문이 훨씬 많은 녀석이다. …다만 평소에는 그게 잘 드러나지 않을 뿐.

세상은 아무래도 좋은 것보다 나쁜 것이 눈에 잘 띄니까.

…하지만 착각하면 안 되지? 눈에 띈다고 그쪽이 많다고는 할 수 없거든?

설령 눈에 띄지 않더라도, 설령 나쁜 소문에 짓눌린 것 같더라도… 그래도 자신을 도와주는 든든한 사람들이 훨씬 많이 있는 법이야.

"그런고로 다들! 아무런 걱정할 것 없다! 방금 전에 일루미네이션을 준비해 줄 업자도 내가… 바로 내가… 야마다 카즈키가 발견했다! 즉! 요란제는 예정대로 개최된다! …역시나 야마다! 대단하다, 야마다! 만세, 야마다!"

자기 입으로 말하지 마. …아니, 확실히 대단하긴 했지만….

고작 두 시간 만에 각 학급과 동아리의 대표를 설득하고, 덤으로 하교한 뒤에는 일루미네이션을 준비할 수 있는 업자까지 찾아 주었으니까.

하지만 그 태도를 보면 이상하게도 순순히 칭찬하고 싶지가 않다.

"요란제를 할 수 있다니… 아주 기뻐! 야마다 선배, 정말 대단해! …코스모스 회장 다음으로!"

"코스모스 선배에게는 뒤지지만, 야마다 선배도 든든하다는 걸 알았습니다!"

"이번만큼은 야마다 선배에게 감사하겠습니다! 고마워요!"

"후하하하하! 그렇지! 그렇지!"

아, 코스모스 이하라는 점은 변치 않는군. 꽤나 인정 사정없다, 우리 학교 학생들.

뭐, 그래도 본인은 만족하는 모양이지만.

으음, 코스모스가 일루미네이션 이야기를 꺼냈을 때에는 초조했지만, '요란제 개최'라는 커다란 화제를 제공할 수 있었던 게 다행이었다.

덕분에 다들 일루미네이션 사건에 대해 깨닫지 못한 모양이야.

…그럼 마지막 마무리를 힐끗.

"팬지, 히마와리, 단상에서 고생하는 학생회장을 좀 도와주셌어?"

"그래, 물론."

"응! 알았어!"

내 신호와 함께 히마와리와 팬지가 단상으로 향했다.

그리고 야마다에게서 마이크를 받아서,

"코스모스 선배만이 아냐! 나도! 나도 일루미네이션을 망가뜨렸어! 미안해!"

"미안합니다. 코스모스 선배의 지시를 어중간하게 실행해서 일루미네이션을 망가뜨린 원인을 제공한 사람은 저입니다. 정말로 죄송합니다."

두 사람은 각자 전교생을 향해 고개 숙여 사죄했다.

"히마와리, 팬지…! 나, 나도!"

그런 두 사람에 이어서 코스모스도 깊이 고개를 숙였다.

하지만 뭐라고 하는 학생은 없었다. …당연하잖아?

정의의 용사란 마음 착한 녀석이 많지.

"그럼 이것으로 전교 집회를 종료한…다! 각자 지금부터 각자의 학급, 동아리에서 요란제 준비에 임해다…오!"

마지막에 간신히 좀 냉정해진 야마다가 어미에 뜸을 들이는 버릇을 살려서 선언하는 것으로, 무사히 전교 집회는 끝을 맺었다….

그 뒤로 전교 집회가 끝났으니 대부분의 학생은 교실로 돌아갔지만… 아쉽게도 나는 남았다.

다른 학생회 멤버나 팬지 등도 돌아갔는데, 참 힘든 이야기다.

그럼 누구에게 붙잡혀서 남았냐 하는 건데….

"죠로….."

당연하게도 학생회장인 코스모스 이외에는 있을 리 없지.

화났다…는 건 아니군. 이 얼굴은 말하자면 토라진 얼굴이다. 아이처럼 뺨을 불룩거리고.

"…한 방 먹었네?"

"…한 방 먹었죠?"

"! 그, 그건 내…!"

평소에 코스모스가 곧잘 하는, 직전의 말을 반복하는 버릇을 내가 했다.

그것이 창피했는지, 코스모스의 얼굴이 살짝 홍조를 띠었다.

"조, 조금은 말해 줘도 좋았잖아! 그러면 나도 힘이 되었을 텐데! 나를 따돌리고 야마다랑….."

"이번 일에서 계속 누군가와 의논하지 않고 혼자서 어떻게든 하겠다고 주장한 건 누구였더라? 결국에는 팬지와 히마와리의 의사까지 무시하고….."

"…윽! 그, 그건… 미안해…."

추욱 풀 죽은 모습을 보고 자연스럽게 얼굴이 풀어지는 이유는, 그것이 학생회장으로서의 코스모스가 아니라 우리와 함께 있을 때의, 도서실의 코스모스이기 때문이겠지.

…간신히 마지막 도서실 멤버가 돌아와 주었군.

"나로서는 사과보다 원하는 말이 있는데요…."

"아! 그, 그렇지. …어흠. 고마워, 죠로. 네 덕분이었어. 정말로… 고마워."

윽! 이런, 너무 우쭐했구나…. 코스모스의 미소가 예상했던 것보다 귀엽다….

"무, 무슨 말씀을…입니다."

"……자기가 시켜 놓고서 그러는 건 아니지 않을까?"

"슬슬 수업이 시작되니 나도 돌아갈 거니까요! 그럼 이만!"

"으음…. 잠깐 정도는 늦어도 괜찮잖아."

당연히 안 되잖아. 그건 학생회장이 하면 안 되는 말이야.

왜 벌써부터 임기응변의 대응력을 익히고 있는 거야.

※

이틀 뒤.

시각은 19시.

이미 어둑어둑해진 하늘 아래, 지금 이 자리에는 니시키즈타 고등학교의 전교생이 모여 있다.

"겨우 이날이 되었네!"

"어제부터 기대돼서 제대로 못 잤어!"

"이제 시작인가~ 열심히 준비했으니까 잘 건네줘야지!"

주위에서 들려오는 학생들의 밝은 목소리.

우리도 물론 같은 마음이다. 내 주위에 있는 아스나로, 사잔카, 히이라기, 츠바키, 팬지, 히마와리도 어딘가 들뜬 기색으로 주위를 둘러보고 있었다.

"죠로, 시작되네! 시작되는 거야!"

"음, 그래, 히마와리."

"후훗. 그걸 보아하니 죠로도 제대로 준비해 온 모양이네."

"당연하지, 팬지. 뭘 위해 지금까지 고생했다고 생각해?"

히마와리가 밝게 말하고, 팬지가 그 뒤를 이었다.

팬지가 주목하는 것은 내가 한 손에 든 조금 커다란 비닐 주머니겠지.

거기에 무엇이 들어 있는지는… 아, 곧 시작된다.

"아, 아아… 으음!"

교정에 설치된 지휘대 위에 선 어떤 인물이 한 손에 든 마이크의 음량을 확인했다.

긴장한 건지 시선이 이리저리 움직이는 모양이다.

다만 자기가 신호를 하시 않으면 아무리 기다려도 메인이벤트가 시작되지 않는 것을 이해하는지, 날카로운 시선으로 정면을 보고,

"그럼 지금부터 요란제 전야제… 등화식을 시작한…다!!"

야마다가 그렇게 선언했다.

동시에 켜진 것은 교정에 설치된 일루미네이션.

아름답게 커져서 교정을… 그리고 우리를 밝게 비추었다.

"와아~! 정말, 정말! 정말로 예뻐!"

"그래, 정말로… 환상적이네."

"이래저래 감개 깊기도 하네요…. 겨우 여기까지 왔습니다…."

"으, 으음, 나쁘지는 않네? 응… 아주… 예뻐…."

"츠바키! 아주, 아주 예뻐! 대단해~!"

"응. 나도 그렇게 생각한달까."

내 주위에 있는 도서실 멤버들이 드디어 시작된 등화식에 각자의 감상을 흘렸다.

본래 등화식 개시의 신호는 학생회장인 코스모스의 역할이었지만, 이번 일에서 가장 중요한 활약을 해 주었다는 이유로 그 역할을 야마다에게 양보했다.

다만 그렇다고 현장을 떠날 수는 없기에 다른 학생회 임원들과 함께 지휘대 쪽에 있었지만, 이미 신호는 끝났으니 슬슬… 아, 왔다.

"이야! 다들 기다렸지! 역시 등화식은 멋져! 정말로… 개최돼서 다행이야! 고마워… 아스나로, 그리고… 죠, 죠로."

"후후훗. 신경 쓰지 마세요, 우리도 등화식을 개최하고 싶었을 뿐이니까요! 그렇죠, 죠로!"

"그, 그렇죠…. 아스나로의 말이 맞습니다."

어딘가 겸연쩍어진 이유는 코스모스가 홍조 띤 얼굴로 이쪽을 보았기 때문이겠지.

왠지 그 전교 집회 이후로 코스모스의 태도가 미묘하게 변했어.

전과 비교해서 주위를 의지하게 되었다고 할까, 남에게 기대는 버릇이 붙었달까….

아니, 지금은 그걸 신경 쓸 때가 아냐.

그보다 등화식은….

"프리뮬러! …자! 이건 우리 소프트볼부로부터! 이제부터 새 주장 열심히 해! 우리도 열심히 도울 테니까!"

"우오! 이거 참 대단하네! 으음! 고마워, 고마워! 그럼 나도 답례를 해야겠네~!"

조금 떨어진 곳에서 떠드는 사람들은 소프트볼부.

전교 집회가 끝난 뒤로 프리뮬러와 나데시코는 특히나 준비를 위해 조력해 주었다.

자기들이 원인을 제공했다면서 솔선해서 일루미네이션 관리를 하고, 그 외에도 여러모로 학생회를 도와주었다.

그 실력이 제법이었는지, 코스모스에게서는 '프리뮬러가 다음 학생회장이 되어 주었으면 한다'라는 보증이 나올 정도로.

프리뮬러는 평소처럼 표표한 기색이었지만, 인정받은 게 기뻤는지 어딘가 겸연쩍은 기색으로 '그럼 입후보해 볼까!' 같은 소리를 했다.

여러 일이 있었던 두 사람이지만, 역시 사이가 나쁜 것보다 좋은 편이 낫지.

"우후후훗! 나데시코, 이쪽이에요, 이쪽!"

"자, 잡아당기지 마세요, 탄포포! 애초에 왜 제가 당신 같은….'"

"우후웃! 완전 천사인 저와 손을 잡을 수 있다고 너무 부끄러워하네요!"

한 손으로 민들레꽃을 움켜쥐고, 다른 손으로 나데시코의 손을 잡고, 반쯤 억지로 연행하는 사람은 탄포포. 참고로 들고 있는 민들레는 등화식이 시작되기 직전에 내가 건넸다.

이러니저러니 해도 이번엔 녀석에게도 신세를 졌으니까, 그 사례다.

건네줬을 때 '와아~! 민들레네요! 민들레꽃입니다! 고맙습니다, 키사라기 선배! 우후후훗!'이라기에, 순수하게 기뻐할 때만큼은 귀엽구나 싶었다.

그 답례로 탄포포가 우연히 발견했다는 네잎 클로버를 줬는데… 이거 꽃이 아니잖아? 뭐, 탄포포답기는 하지만….

그런데 저 녀석들은….

"왜 모처럼의 등화식에 이런 여자와…. 모처럼 용기를 내서 시바 선배에게…."

"시바 선배! 오래 기다렸죠!"

"···엇!"

"탄포포. 무슨 일이야? 갑자기 이런 장소로 불러내고. 난 등화식에서 야구부 녀석들과··· 어라? 그 애는 누구?"

"저랑 마찬가지로 1학년이고 소프트볼부인 나데시코입니다! 사이좋은 친구예요! 우후후훗!"

"시, 시바 선배가 눈앞에! 예상 밖의 일이로군요! 이런··· 아직 마음의 준비가···."

"탄포포의 친구? 어어, 그래서 그 나데시코는 무슨 일로?"

"아, 그게···!"

탄포포에게서 예상 밖의 도움을 받아 나데시코는 당황했지만, 마지막에는 용기를 내기로 했을까. 붉어진 얼굴로 아랫입술을 꾹 깨물더니,

"시바 선배! 이걸 받아 주셨으면 한답니다!"

크게 말하며 시바에게 패랭이꽃※을 내밀었다.

"어? 나, 나?! 써, 썬이 아니라?"

"시바 선배입니다! 시바 선배가 받아 주셨으면 한답니다!"

"아, 알았어···. 고미워, 어어··· 나데시코."

놀란 기색으로 말하면서도 나데시코에게 꽃을 받는 시바.

야구부에서 꽤 인기가 있을 테지만, 이런 경험에는 익숙해지

※패랭이꽃은 일본어로 나데시코라고 한다.

지 않은 모양이군.

"주었다…. 주었어요오오오!"

나데시코는 꽤나 기뻤는지 평소의 품위 있는 웃음이 아니라 나이에 어울리는 천진난만한 웃음을 지었고, 그 모습은 아주 귀엽다… 하지만, 역시 나는 한기를 느꼈다.

왜지? 녀석의 본성은 이미 알고 있는데….

"우후후훗! 잘되었네요, 나데시코!"

"네! 고맙습니다, 탄포포! 전 당신을 오해해서…."

"이제 요란제에서는 마음 놓고, 가업인 채소 가게에서 키운, 그야말로 직경 30센티미터짜리 똥을 싸듯이 기합 들어간 목소리로 손님을 불러 모아요! 우후훗!"

"네년은 왜 마지막에 괜한 소리를 하는 거냐! 우리 집에 대해서 말하지 말라고오오오!! 서양호박을 얼굴에 처박아 줄까?!"

"효오오옷?! 나데시코의 얼굴이 완전히 프레데터처럼! 지, 진정하세요! 저는 서양호박보다 일본호박을 좋아하거든요오오오오!"

과연. 이게 한기의 정체인가. …그런데 왜 탄포포는 호박에 대해 저렇게 잘 알지?

"왠지 대단한 애네…. 역시 나한테는 여동생인 미…."

자, 저쪽 이야기는 이 정도면 되겠지?

조금만 더 있으면 시바의 여동생 이름을 알 것도 같았지만,

신경 쓸 것 없어.

"츠바키, 이거 줄게! 동백꽃이야~!"

"응, 고마워, 히이라기. …그럼 나도 답례해야지. 자, 호랑가시나무꽃…."

"와아~! 고마워! 아주, 아주 기뻐~!"

우리 옆에서 서로 준비했던 꽃을 교환하는 츠바키와 히이라기.

이러니저러니 해도 이 두 사람은 사이가 좋은 듯해서, 히이라기는 솔직하게 활짝 웃고, 츠바키는 어딘가 겸연쩍은 듯이 웃으면서 서로를 바라보았다.

참고로 이 자리에 없는 도서실 멤버인 썬은 뭘 하고 있느냐 하면… 실은 나도 모른다.

"저기, 오오가가 어디에 있는지 몰라? 나 꽃을 준비해 와서 주고 싶은데…."

"으음. 아까 나리츠키 쪽에서 봤다는 사람은 있었는데…."

"나리츠키? 거기에는 아네모네꽃이 놓여 있을 뿐, 오오가는 없었는데?"

"나리츠키에 꽃을? 누가 두고 갔지…. 아니, 그보다 오오가는?!"

아무래도 다른 여학생들도 썬의 모습을 찾는 모양이지만, 발견에는 이르지 못했나 보다. 정말로 내 베프는 어디로 간 거지?

결국 이번 사건에서 썬의 소문… '오오가 타이요는 밤이 되면 다른 학교 학생과 만나서 수상쩍은 밀담을 나눈다'만큼은 해소되지 않았고, 혹시 사잔카와 마찬가지로 그 소문은 사실이라서 그 애와 만나는 걸지도 모르지. 선객이 있다고 그랬고.

그렇게 생각하면, 나중에 나는 썬이 만났던 그 '다른 학교 학생'에게서 엄청난 부탁을 받는 미래가 기다리고 있지만… 그건 또 다른 이야기다.

아니, 정말로 깜짝 놀랐어.

설마 썬이 내가 잘 아는 **그 녀석**과 만났다니….

어디, 슬슬 나도 시작해 볼까….

"죠로, 일단은 나부터야! …자! 이번에는 정말로 고마워! 아주 기뻤어."

"그래. 고마워, 히마와리."

처음에 내게 꽃을 선물해 준 사람은 히마와리.

활짝 웃으면서 조금 작은 해바라기꽃을 내게 건네주었다.

"죠로! 이, 이걸 받아 줘! 저, 저기… 앞으로도, 잘 부탁해."

"잘 받겠습니다. 코스모스 회장."

다음에 건네준 사람은 코스모스였다.

새빨간 얼굴로 조심스럽게, 하지만 힘주어서 내게 코스모스꽃을 건네주었다.

"후훗. 물론 내가 주는 건 이 꽃이야, 죠로."

"땡큐, 팬지."

팬지가 건네준 꽃은 역시 팬지.

색깔은 흰색과 노란색과 보라색. 이전에 화무전에서 내게 설명해 주었을 때와 같은 색이다.

"나, 나도 일단, 준비했으니까, 어서 받아! 아, 아무한테도 말하지 마! 너, 너만 특별 취급이라고 여겨지는 건 싫으니까!"

"알았어. 아무한테도 말 안 해."

사잔카가 그 얼굴처럼 새빨간 애기동백꽃을 내게 선물해 주었다.

고마워. 소중히 할게….

자, 다음은 반짝반짝하는 눈으로 나를 보는 아스나로의 차례인가?

그리고 그게 끝나면 이번에는 내가….

"죠로! 제가 주는 꽃 말인데, 여기가 아니라 다른 장소에서 줘도 됩니까?"

"어?"

"이번에 저는 아주 열심히 애썼잖습니까! 그러니까 그 보수로 저만 죠로와 단둘인 상황에서 꽃을 주고 싶습니다!"

아스나로의 예상 밖의 제안에 나는 물론 다른 네 사람도 곤혹스러운 기색이었다.

다만 분명히 이번에는 아스나로에게 신세를 많이 졌으니까.

본인이 그런 특별 보수를 기대한다면….

"알았어. 그럼 이동할까."

그 요망에 응하기로 하자.

"아스나로. 당신은…."

"네! 고맙습니다! 그럼 여러분, 잠깐 죠로를 빌리겠습니다!"

팬지가 무슨 말을 하려고 했지만, 그걸 가로막듯이 아스나로가 말했다.

일단 다들 나와 아스나로의 행동을 막을 생각은 없는 모양이라서, 조금 걱정스러운 표정을 하면서도 보내 주었다.

"후훗! 정해 놨습니다! 여기서 죠로랑 이야기를 하기로!"

"어, 어어…. 상상 이상으로 걸어서 놀랐어…."

나와 아스나로가 교정에서 어디로 갔냐 하면 옥상.

여기에서는 교정의 모습이 한눈에 보이기에 일루미네이션이 아이비 모습을 한 게 잘 보여서 나름 절경이다.

"예전 생각이 나네요. 이렇게 죠로와 둘이서 옥상에 오니까!"

"나로서는 별로 떠올리고 싶지 않은데…."

나와 아스나로가 함께 옥상에 온 추억. …그것은 그 세 다리 사건이다.

이 녀석이 갑자기 '세 다리를 걸쳤는지 확인하기 위해 밀착 취재를 한다'는 말을 꺼냈을 때는 정말로 힘들었어….

"그럼 바로! 제가 죠로에게 준비한 꽃을 줄까 합니다!"

"그, 그래. 고마워…."

아스나로의 분위기는 평소와 같지만, 일루미네이션의 빛이 밝기 때문일까 홍조를 띤 얼굴이 잘 보여서 묘하게 에로틱하다. 이런, 너무 긴장하지 않도록 해야지….

"이게 죠로에게 선물하는… 제 마음이 담긴 꽃입니다!"

"…어?"

그렇게 말하며 아스나로가 건넨 꽃을 확인하고 나는 무심코 눈을 크게 떴다.

나는 분명 아스나로는 측백나무 꽃을 줄 거라고 생각했다.

하지만 그게 아니었다. 아스나로가 내게 준 꽃은 스위트피.

꽃말이…… '이별'인 꽃이다.

"아, 아스나로, 어떻게 된 거야…? 우리는 앞으로도 사이좋게 잘…."

"죠로, 저는 **알아 버렸습니다.**"

"아, 알았어? 아니, 대체 무슨…."

내가 그렇게 대답할 것을 아스나로는 다 알고 있었겠지.

어딘가 달관한, 부드러운 미소를 띠고 있었다.

그리고 내게 긴넨 것과는 또 다른 꽃을 꺼내더니….

"**그 사람**이… 죠로가 특별히 좋아하는 여자인 거죠?"

조용히 그렇게 말했다.

"아니! 아, 아니, 그, 그건…!"

"후훗. 역시 그렇습니까."

허둥대는 나를 무시하고 어딘가 달관한 분위기로 아스나로는 미소 지었다.

뭐, 뭐지?! 나는 그 존재가 있다는 사실은 썬에게 말했어도, 누구라고는 하지 않았어! …그런데 어떻게 아스나로가 알고 있지?!

틀림없어…. 틀림없다고. 아스나로가 보여 준 꽃은… 정답이야….

"어, 어떻게, 아스나로는…."

"당신 자신의 행동의 결과입니다, 죠로."

"나 자신의 행동의 결과?"

"이번 일… 모든 진실을 안 뒤에 당신이 했던 말. 그것이 모든 것의 답이었습니다."

그 말에 나는 온몸에 오한이 들었다.

설마 그 말인가?! 그 말에서 아스나로는….

"죠로, 당신은 이번 일에서 딱 한 명은, 무슨 일이 있어도 그 애만큼은 반드시 무사할 수 있도록 행동했죠? 결과적으로 모든 게 원만하게 해결되었지만, 혹시 실패하더라도 그 사람만큼은 반드시 무사할 수 있도록 행동했죠?"

틀림없어…. 그거다…. 그때 내 말이다….

스스로도 말한 뒤에는 아뿔싸 싶었다.

그러니까 최대한 냉정할 것을 명심하고 행동했다.

하지만 아스나로는 알아차렸던 건가….

"죠로, 다시 한번 묻겠어요."

조용하고 부드러운, 하지만 힘이 담긴 목소리로 아스나로가 내게 물었다.

"…**그 사람**이 당신이 특별히 좋아하는 여자인 거죠?"

부정하고 싶다. 사실은 인정하고 싶지 않다. 왜냐면 그것은 하나의 끝을 맞기 때문에.

하지만 그래도 나는….

"그래…. 그 말이 맞아."

아스나로의 말을 긍정했다.

"역시 그랬군요. …우, 우우…!"

아스나로의 두 눈에서 눈물이 뚝뚝 흘러내리기 시작했다.

작은 몸을 떨면서, 주먹을 세게 움켜쥐면서, 아스나로가 계속해서 눈물을 흘렸다.

지금 당장 그 몸의 떨림을 멈춰 주고 싶다. 힘껏 안아 주고 싶다.

…하지만 나는 그런 짓을 할 수 없다. 할 수 있는 거라고는 그저 진실을 전하는 것뿐.

아스나로가 상처 입을 것을 알면서도 진실을 전하는 것이다….

"즉… 저는, 안 되는 거군요?"

"…그래."

"죠로는… 그 사람을 좋아하는 거군요?"

"……그래."

"우, 우, 우… 아아아아아아아아아앙!!"

옥상에 아스나로의 목소리가 울려 퍼졌다.

우리 이외에도 와 있던 학생들이 놀라서 몸을 움찔 떨었다.

하지만 그런 걸 신경 쓸 여유는 내게도 아스나로에게도 있을 리 없었다.

"내도! 내도 죠로를 좋아하는데! 내 죠로를 좋아하는데! 긴데, 긴데! 죠로는 그 아이를 좋아하는 거디?!"

"……! 그래. 설령 아스나로가 나를 얼마나 좋아하더라도, 설령 아스나로 네가 나를 얼마나 좋아하더라도, 나는…… 나는 그 녀석이 좋아."

뇌가 들끓어서 증발하는 게 아닐까 싶게 뜨겁다.

온몸이 뿌리째 붙들린 게 아닐까 의심스러울 정도로 몸이 움직이지 않는다.

눈앞에서 굵은 눈물을 흘리는 소녀를… 나는 도와줄 수 없다.

"흑! 흑! 죠로랑, 더 추억을 원했어! 데이트하고, 도시락 먹고, 여행 가고, 키스하고, …더, 더 하고 싶은 게 있었어! 하지만, 하지만… 그건 나는 할 수 없는 거지?"

"할 수 없어. 아스나로와는 그런 추억을 만들 수 없어…."

사실은 부정하고 싶다. 설령 거짓말이라고 해도 아니라고 말하고 싶다.

하지만 지금 이 자리에서 필요한 것은 당장의 다정함이 아니다.

아스나로의 마음을 정면으로 받아서 승부하는 것이다.

그러니까…… 설령 아스나로가 아무리 상처 입더라도, 설령 아스나로가 아무리 눈물을 흘리더라도,

"나는 그 녀석과 그런 추억을 만들고 싶어."

하기로 마음먹었으면 한다. 그게 나의 모토다.

"~~~~~~~!!"

내 말에 아스나로는 그저 계속해서 눈물을 흘렸다.

제대로 말을 빚지 못한 소리를 내면서.

나는 그런 아스나로의 눈앞에서 그저 가만히 서 있었다….

그로부터 얼마나 시간이 흘렀는지는 모르지만, 좀 진정이 되었는지 아스나로는 두 눈을 세게 북북 비벼서 자기 눈물을 억지로 멈추었다.

"휴우…. 궁금했던 것을 알아서 마음이 후련해졌습니다!"

거짓말 마…. 그 얼굴은 후련해진 얼굴이 아니잖아….

눈물로 부어오른 눈, 조금 공허하고 달관한 듯한 표정.

말과는 정반대인 아스나로의 얼굴이 모든 것을 말하고 있었다.

"아, 아스나로, 내가 준비한 꽃은…."

"후훗. 저는 괜찮습니다! 그걸 받을 수는 없으니까요!"

그렇지. 그럴 거라 생각했어….

"하지만 이번 일에서 죠로는 열심히 애썼습니다! 지금도 저를 상처 입힌다는 걸 알면서도 성실히 대응해 주었습니다! 그러니까 제가 상을 주겠습니다!"

"상? 아니, 난 이미 아스나로에게 꽃을 받고… 아앗!"

그 순간 내 뺨에 부드러운 감촉이 느껴졌다.

어느 틈에 아스나로의 모습은 내 정면이 아니라 옆에 있었다.

무슨 짓을 한 건지는 말할 것도 없다.

"흐흥. 죠로는 만들 수 없다고 말했어도, 이 추억만큼은 반드시 만들 생각이었으니까요! …하지만 이걸로 저는 끝입니다! 이제부터 저는 죠로의 친구니까요!"

"어, 어어…."

"그럼 저는 이만 실례하죠! **오늘까지 서로 수고 많았습니다, 죠로!**"

그 말은 결코 오늘까지의 일루미네이션 사건을 말하는 게 아니겠지.

아스나로와 만나고 지금까지 엮어 온 이야기.

그 이야기의 끝으로… 아스나로는 그렇게 말했다….

※

"어서 와, 죠로. …어머? 아스나로는 어떻게 된 거야?"

내가 옥상에서 교정으로 돌아오자, 나를 맞아 준 팬지, 코스모스, 히마와리, 사잔카.

다만 그 표정은 기쁨보다도 의문.

지금 이 자리에 아스나로가 없다는 것을 이상하게 생각하는 모양이다.

"…아스나로는, 안 와. **이제, 안 와….**"

"""""……!!"""""

내 말의 의미를 네 사람 다 이해했겠지.

눈을 크게 뜨고 나를 뚫어져라 응시했다.

그런 가운데 나는 네 사람 중 한 소녀와 눈이 마주쳤다.

기이하게도 그 아이는 내가 특별히 좋아하는 여자였다.

"네, 네가… 잘못한 게 아니잖아! …어, 어쩔 수 없어! 어쩔 수 없는 일이잖아! 그러니까 너는 정신 똑바로 차려! 가슴을 펴고

288

스스로에게 자신을 가져!"

사잔카는 난폭하지만, 나에게 부드러운 말을 해 준다.

…그래. 나는 가슴을 펴야 한다.

"죠로! 저기… 죠로 덕분이야! 죠로 덕분에, 다들 함께 있을 수 있게 됐어! 그러니까 나는 죠로가… 죠로가 기운 있는 게 좋아!"

"그래. …죠로, 당신이 있었으니까 우리는 이렇게 이어졌어. 그러니까 후회하지 마. 당신이… 당신이 없었으면, 이렇게 될 수 없었어. 그러니까…."

"나도 그렇게 생각해! 나는 죠로가 있었으니까 변했어! 전보다 스스로도 모두도 좋아하게 되었어! 그 마음에 거짓은 없고, 어떤 일이 있어도 거짓으로 만들 생각도 없어!"

차례로, 히마와리, 팬지, 코스모스도 나에게 힘 있으면서 부드러운 말을 해 주었다.

나에게 이런 말을 보내 주는군. 그러면….

"저기, 모두에게 준비한 꽃이 있으니까, …받아 줄 수 있겠어?"

하기로 마음먹은 일은 해야 한다.

간신히 미소를 만들며 나는 내가 준비한 꽃을 꺼냈다.

누군가 한 사람에게… 같은 짓은 아직 하지 않는다.

니는 네 사람에게, 내 마음이 가득 담긴 꽃을 준비했다.

그 꽃의 꽃말은 '성실'.

어느 꽃과 비슷하고 학술적으로는 같은 것이라는 말을 들은 적이 있지만, 딱히 다른 뜻은 없다. 그저 우연히도 내 마음을 전하기에 딱 맞는 꽃이었을 뿐이다.

"내가 주는 꽃은 이거야. 저기… 2학기가 끝날 때는 반드시 전할 테니까…. 무슨 일이 있어도, 반드시…."

"고마워, 죠로. 네 마음은 잘 전해졌어…."

"응! 나, 무섭지만… 기다릴 테니까! …괜찮아! 죠로는, 죠로가 정하면 돼!"

"나도 히마와리와 동감이야."

"그, 그래! 나도… 나도, 같은 마음이야! 하지만 누구에게도 질 생각은 없으니까! 팬지, 히마와리, 코스모스 선배!"

등화식의 일루미네이션 이상으로 아름다운 미소를 짓는 소녀들.

사실은 달리 하고 싶은 말이 있겠지. 생각하는 바도 있겠지.

그래도… 그래도 지금만큼은 이 환상적인 공간에 있는 것을 선택해 주었다.

"죠로, 고마워! 이 꽃, 나 소중히 간직할 테니까!"

"나도야! 죠로에게 꽃을 받았어! 죠로에게서, 받았어…."

"…아주 기뻐. 이거…. 내가 제일 좋아하는 꽃이야."

"고, 고마워…. 저기, 아주, 기뻐…."

이 미소를 볼 수 있다면 내가 고생한 의미는 확실히 있지….

하지만 한 사람 부족하다. 없어진 여자애가, 한 명 있다.

비닐 주머니 안에 남은 한 송이 꽃. 그것은 본래, …그 소녀에게 주기 위해 준비한 꽃이었다.

이번 요란제 사건.

일루미네이션을 다시 준비하는 것으로 모두의 인연을 지킬 수 있었다.

…하지만 그 행동의 결과, 나는 잃어버렸다….

항상 씩씩하게 밝은, 소박한 미소가 귀여운 소녀와의 인연을.

하네타치 히나…. '아스나로'라고 불리던, 포니테일이 잘 어울리는 여자애와의 인연을.

하지만 후회해도 어쩔 수 없다.

설령 자기만족이라고 해도, 설령 그 말을 한다고 아스나로를 구할 수 없었다고 해도, 나는 진심으로 이 말을 아스나로에게 선물하자.

지금까지… 고마웠어….

10권 끝

◆작가 후기◆

애니메이션으로 만들어집니다.

안녕하세요. 'なぁ'는 '당신'. 'わんつか'는 '조금'. 'たんげ'는 '많이'라는 의미라고, 잠시 츠가루 사투리*에 대해 설명했습니다. 라쿠다입니다. 드디어『나를 좋아하는 건 너뿐이냐』도 열 권째.

그리고 무엇보다… 애니메이션화입니다! 지금 마음속의 고양을 정직하게 표현하자면, 이 작가 후기가 전부 '!'로만 메워질 테니까 그걸 꾹 참으면서 이번에는 애니메이션에 대한 감개 깊은 추억을 다소 적어 보도록 하겠습니다.

이 애니메이션화란 공식 발표까지 몇 단계의 스텝을 밟습니다 (라고 해도, 제 경우니까 다른 패턴도 있을지 모릅니다).

처음에 편집자에게서 '애니메이션화 기획이 있슴다!'라는 연락이 오고, 여기서 작가인 저에게 'OK입니까? NO입니까?'라는 확인을 받습니다.

※츠가루 사투리 : 일본 아오모리 츠가루 지방의 사투리. 작중에서 아스나로가 이 사투리를 사용하며, 이 지역의 사투리는 같은 일본인들도 알아듣기 어렵다고 한다(한국판에서는 편의상 강원도 및 북쪽 지방 사투리로 번역하였습니다).

여기서 'OK입니다!'라고 대답하면, '네, 애니메이션화 결정이 네요'라고 되는 게 아닙니다.

어디까지나 기획 단계니까 '미안. 날아갔다!'도 있을 수 있습니다.

그러니까 여기서 작가가 OK라고 대답했으면, 그다음은 기획이 통과하기를 빕니다.

그리고 무사히 통과되면 이번에는 제작진 모임 같은 것을 열고 감독이나 프로듀서 등과 이야기를 합니다.

그 뒤로 애니메이션의 각본을 제작하거나 캐릭터 디자인을 구경하거나 성우를 오디션으로 정합니다.

또한 『나좋아』의 성우 결정 방법은 오디션&다수결이었습니다.

1차 심사에서는 데이터로 듣고, 2차 심사에서는 스튜디오에서 직접 듣는 형태입니다.

신인들부터 베테랑까지, 제일 그 등장인물이 되어 주었으면 하는 사람에게 부탁하는 형태가 되었습니다. 의외로 다들 의견이 맞아서, 내 귀가 썩은 게 아니라고 안심했습니다.

뭐, 성우에 대해서는 이 정도로 하고, 다음은 각본에 대한 이야기입니다.

저, 라쿠다, 모든 각본을 담당했습니다.

때문에 재미없으면 100% 제 탓이기에, 시시하다고 말씀하셔도 괜찮습니다.

해 보고 생각했습니다만, 이게 진짜로 힘드네요.

책의 글자 수 평균이 이 책의 경우 적어도 12만 자, 많으면 15만 자 정도입니다만, 애니메이션은 한 화당 약 2만 자입니다.

가령 애니메이션 3화로 책 한 권 분량을 할 경우는 가볍게 6만 자.

절반은 커트해야 합니다.

특히나 1권은 원작 그대로 했다간 죠로가 본성을 드러내기 전에 1화가 끝나 버리니까요. 팬지는 거의 등장도 없이 끝나 버립니다.

그걸 어떻게 대처했는지는 애니메이션 1화를 기다려 주시면 감사하겠습니다.

책을 읽은 분이기에 알 수 있는, 은근슬쩍 오리지널 요소도 더했으니까 기대해 주셨으면 합니다!

그럼 감사 인사를.

10권을 구입해 주신 독자 여러분, 지금까지 함께해 주셔서 진심으로 감사드립니다. 큰 변동이 일어나고 대체 다음 권에서는 어떻게 될지는, 열심히 해 봐라 내년의 라쿠다.

브리키 님, 이번에도 멋지기 짝이 없는 일러스트 감사합니다.

8권에서는 여러 사정으로 할 수 없었던 '그것'을 이번에는 전력으로 부탁드렸습니다. 애니메이션판에서는 조금 다른 방향으로 '그것'이 들어갑니다.

　담당 편집자 여러분, 이번에도 많은 충고 감사합니다.

　평소에는 출연이 쪼개지기 쉬운 '그녀'를 이번에는 전면으로 내세울 수 있는 이야기로 만들어 주셔서 진심으로 감사합니다.

　앞으로도 잘 부탁드립니다.

라쿠다

나를 좋아하는 건 너뿐이냐 [10]

2020년 10월 10일 초판 발행

저자 라쿠다 | **일러스트** 브리키 | **옮긴이** 한신남
발행인 정동훈
편집 팀장 황정아 | **편집** 노혜림
발행처 (주)학산문화사 | 서울특별시 동작구 상도로 282 학산빌딩
편집부 02.828.8838(전화), 02.816.6471(팩스) | **영업부** 02.828.8986(전화), 02.828.8890(팩스)
홈페이지 www.haksanpub.co.kr | **등록** 1995년 7월 1일 | **등록번호** 제3-632호

ORE WO SUKINANOHA OMAEDAKEKAYO Vol.10
©Rakuda 2018
Edited by 전격문고
First published in Japan in 2018 by KADOKAWA CORPORATION, Tokyo.
Korean translation rights arranged with KADOKAWA CORPORATION, Tokyo.
through Korea Copyright Center Inc.

ISBN 979-11-348-1453-3 04830
ISBN 979-11-256-9864-7 (세트)
값 7,000원